浙江省普通高校"十三五"新形态教物

浙江省 2018 年重点出版物出版计划

2019 年度浙江省社科联人文社科出版资助项目（19WT09）

叙事之魅
——中外小说十讲

张亦辉 著

浙江工商大学出版社 杭州
ZHEJIANG GONGSHANG UNIVERSITY PRESS

图书在版编目(CIP)数据

叙事之魅：中外小说十讲 / 张亦辉著. —杭州：
浙江工商大学出版社，2019.6(2022.7重印)
（网络化人文丛书 / 蒋承勇主编）
ISBN 978-7-5178-3095-5

Ⅰ. ①叙… Ⅱ. ①张… Ⅲ. ①小说研究－世界 Ⅳ.
①I106.4

中国版本图书馆 CIP 数据核字(2018)第 297223 号

叙事之魅——中外小说十讲

张亦辉 著

出 品 人	鲍观明	
责任编辑	任晓燕	
封面设计	林朦朦	
责任印制	包建辉	
出版发行	浙江工商大学出版社	
	（杭州市教工路 198 号　邮政编码 310012）	
	（E-mail：zjgsupress@163.com）	
	（网址：http://www.zjgsupress.com）	
	电话：0571-88904980,88831806(传真)	
排　　版	杭州朝曦图文设计有限公司	
印　　刷	杭州宏雅印刷有限公司	
开　　本	787mm×960mm　1/32	
印　　张	7.25	
字　　数	120 千	
版 印 次	2019 年 6 月第 1 版　2022 年 7 月第 2 次印刷	
书　　号	ISBN 978-7-5178-3095-5	
定　　价	28.00 元	

总　序

从普及人文知识，提升大学生和社会公众人文素养的宗旨出发，我们精心策划编写了这套"文字—视频—音频"三位一体的"网络化人文丛书"。其定位是：人文类普及读物，兼顾知识性、学术性、通俗性；既可作为大学人文通识课教材，又可作为社会公众的普及读物。

移动网络时代，"屏读"逐步改变着人们的阅读方式，传统的"纸读"在人们的阅读生活中有日渐淡出之势。常常有人称"屏读"为肤浅的"碎片化"阅读，缺乏知识掌握的系统性和文本理解的深度，因此，我对此种阅读方式表示忧虑。

我以为，我们应该倡导有深度和系统性的阅读——主要指传统的"纸读"，但是，对所谓"碎片化"的阅读，也不必一味地批评与指责。这不仅是因为"屏读"依托于网络新技术因而有其不可抗拒性，还因为事实上这种阅读方式也未必都是毫无益处甚至是负面的，关键是网络时代人们的心境已然不再有田园牧歌式的宁静与悠然，而是追求单位时间内阅读的快捷性和有效性，这符合快节奏时代人们对行为高效率的心理诉求。我们没有理由在强调不放弃传统阅读方式的同时，非得完全拒斥移动网络时代新的阅读方式,而应该因势利导,为新的阅读方式提供更优质的阅读资源和更多元化的阅读渠道。

基于此种理念,这套"网络化人文丛书"力求传统与现代、人文与技术的融合,通过二维码技术使"纸读"与"屏读"(视频、音频)立体呈现,文字、视频和音频"三位一体",版式新颖;书稿内容力求少而精,有人文意蕴,行文深入浅出、雅俗共赏,在一般性知识介绍与阐释的基础上有学术的引领和提升;语言简洁、明了、流畅,可读性强,既不采用教材语言,也不采用学术著作语言,力图让其成为网络时代新的阅读期待视野下大学生和社会公众喜闻乐见的人文类普及性读物。

我们坚信,这样的写作与编辑理念是与时代精神及大众阅读心理相契合的。不知诸君以为如何?

蒋承勇

2018 年 8 月

目　录

引　言　叙事曲径上的十个驿站

　　关于小说的理论书籍和教材有很多，但我仍然希望把《叙事之魅——中外小说十讲》写成一本有自己的体系与个性的独特之书。

　　这本书建基于以下三个方面：

　　首先，它建基于我自己多年的小说创作实践，建基于把生命投入小说写作时的沉迷与困惑，惊喜与沮丧，建基于一次次成功或失败的经验与体会。我的小说曾发表于《北京文学》《小说界》《雨花》等杂志，但发得最多的是《作家》杂志，既发过短篇头题、中篇头题，也发过"个人作品小辑"，还与韩东、朱文和毕飞宇一起发过"江苏四个小说小辑"等。正是这份先锋的纯粹的文学杂志，让我体会到写作的自信，体会到文学叙述飞翔般的魅力。在《叙事之魅——中外小说十讲》里，我既会分享文学写作的经历，又会具体讲解自己的小说，讲解创作一篇小说的生活缘起与构思过程，讲解叙述的细节与作品的指归,从创作角度真切地触及小说的内在机制与秘密。

其次,它建基于我几十年漫长的文学阅读,建基于阅读时的发现与感悟。近年来,我正陆续将这些发现写成文学随笔,已在《人民文学》《世界文学》《作家》《北京文学》《上海文化》等杂志发表了十多篇,有多篇入选中国随笔年度排行榜。在《叙事之魅——中外小说十讲》里,谈到小说的诸多具体层面时,我会把这些阅读发现和感悟有机地融入本书的论述之中。

最后,本书还建基于我在浙江工商大学开设的人文类通识课"小说赏析",正是在教授这门课的十多年时间里,本书的框架与结构渐渐形成,并形成了一个相对完整的内容体系。因为一学期的任选课共十次课,所以我构建了十个小说专题,这些专题正好对应本书的十讲内容。这本书不是从理论到理论的书,但它并不缺乏应有的学术性与专业性。

由于这本书建基于个人的经验与感悟,书中有不少内容都是原创的。比如,关于生活与文学关系的"两个层面"观点,从小说叙事角度对偶然与巧合的区分,以及对巧合型小说的概率法论证与优缺点分析,对诸多经典作家与优秀小说的文

本解读与叙述分析，等等，均见人之未见，发人之未发。我相信，像第十讲对《孔乙己》的细读，细致程度与新颖指数，在国内鲁迅小说的研究中尚无先例。

总之，《叙事之魅——中外小说十讲》不仅仅是一本关于小说的理论书籍或教材，它还是实践经验的总结与梳理，是阅读感悟的积累与分享。我相信，它既对小说的爱好者和阅读者有所裨益，同时也对小说的研究者或写作者有一定的启发。

最后，本书的行文与语言，保持了讲课的口语感与随笔的文学性，所以，它应该是一本生动有趣的书。

1　生　活

1.1　什么是生活

我们都知道,文学来源于生活,所以谈文学、谈小说应该从生活谈起。那么什么是生活呢?

从现实的角度谈生活,我们一般认为它就是工作之外的那些日常经历,那些你活着必须做的事情之和,这些事情通常都有其意义与价值。比如买菜做饭,比如逛街购物,再比如外出旅行,等等,无非就是传统的衣食住行柴米油盐之类。当然,也有人将工作包含在生活概念之中。由于生活过于繁杂浩瀚,作为一个名词和概念,其实很难确切地将其定义或清晰地将其界定。

如果是从文学的角度或小说的角度谈生活,我们至少要做两方面的工作。

一是内涵的深化。生命中的许多事情或现象,看上去未必那么有意义,既不能增加你的财

富,也不能提高你的声誉,但它可能会影响你的心灵和情感,或者丰富你的生命体验。比如,一个人伫立窗口独自发呆,再比如,一个人晚上做了一个莫名其妙的梦。从现实角度,我们往往认为发呆和做梦没有什么价值,于是就把它们从生活中忽略掉了,从而使得生活这个概念扁平化或浅表化。但对于文学来说,发呆可以让你暂时摆脱日常的流程,体验到忙碌时无法体验到的生命感觉,而做梦则可以让你遨游于潜意识的世界并惊异于生命如谜。也就是说,文学必须深入那些被日常"意义"忽视和屏蔽掉的细枝末节中,必须去探测生活中更深奥、更复杂、更茫昧的区域,这些区域与细节更贴近心灵与情感,更能展现生命的真实,更独特与个性化。抓住它们,文学才有创造的空间和超越的可能。

二是外延的拓宽。相比较买菜做饭这样直接的生活,我们还要考察读书感悟和观影体验等间接的生活。对于文学和写作来说,间接生活对你内心的冲击和震撼可能比直接生活更为强烈,这些间接的生活同样会为你的想象和虚构提供资源和素材。苏童年轻时就写出了《妻妾成群》这样优秀的小说,当时许多老作家都觉得不能理解,除了惊叹这个年轻作家怎么会写得这么好,惊叹其那么从容婉曲的叙事,那么精致轻盈的语言,更惊讶于一个 20 世纪 60 年代出生的人,怎么就能把民国时期的故事写得那么栩栩如生,那么像回事,就像他亲身经历过那样的生活一样。苏童后来谈到这篇小说的创作时,强调了他曾阅读过不少反映大家庭生活的小说,观看或阅读过民国时反映这一类现象的影视作品与报刊等。他谈到了那些间接生活的资源对他创作的帮助,强调了想象与虚构对文学创作的重要性。想象并非胡思乱想,他需要以生活的经验为契机或依托,这样的经验,当然也包括读书、观影等通过间接生活所得来的部分。

被深化与被拓宽后的生活,才是文学所要勘探的生命矿藏,才是文学真正的源头。

1.2 生活与文学的关系

生活与文学到底是什么关系? 这可以说是一个古老的、永恒的问题。

古希腊的亚里士多德提出了“文学是对生活的模仿”这一观点。几千年以来,“模仿说”一直延续到现在,后人并没有提出什么新颖的观点或理论,最多只是更换一下概念,把“模仿说”改为“再现说”“表现说”“反映说”等。

至少在理论上，"模仿说"已经回答了生活与文学的关系问题。或者说，有了这样一种公认的观点，我们在理论上便再也不用为这个问题操心了。

但在实践上，这样的回答并没有什么指导意义或参考价值。因为"模仿"这一相对抽象、内涵单薄的动词，根本无法描摹和呈现从生活到文学的具体而又复杂的过程与纷繁纠结的路径。或者说，理性而有限的答案根本无法褐橥感性而无限的真相。

模仿理论学得再好，你依然不能从实际操作层面领会并释然。究竟怎样从生活走向文学？这彰显了文学理论与科学理论的质的不同：科学理论可以指导实践（从理性到理性，从 $E=mc^2$ 到核反应堆），但文学理论往往不能指导创作（从理性到感性，从有限到无限）。

文学理论常常只能在创作实践的外围打转，往往只能在真相的表面滑过而无法进入其内部。或者说，理论可以在问题的外面理解真相，却不能进入问题内部揭示真相。

所以，像斯坦纳这样的文学批评家在承认创作高于批评的同时，提出了"用艺术研究艺术"这有悖于常规理论但实际上行之有效的方法论。

本讲接下来将遵循类似的方法。也就是说，关于生活与文学的关系问题，我将用感性的实践案例方式去接近，去触及，去领悟，并用许多作家的创作体会，以及自己作为一名作者以自己的写作经验为指南，引领大家渐次揭开两者关系的真相。

1.3 宏观与微观的双层面模型

我认为可以从宏观与微观两个层面分别去接近生活与文学之间关系的真相。宏观与微观的这一双层面模型完全属于我的原创，因而在学术性与规范性上也许还有待商榷与改善。

1.3.1 宏观层面：一个生活中的人是怎样成为作家的

鲁迅先生是弃医从文后才成为现代中国伟大的作家的，我们可以在鲁迅先生的日记和书信等文字材料中找到许多促使他成为一名大家的生活经历中的缘由和推动力。我们也可以借助作品或其他材料粗略得知，余华是怎样从一名牙医成长为当代伟大的作家的。同样，我们可以了解到，学医的契诃夫怎样成长为世界优秀小说家，学法律的卡夫卡经历了怎样的生活变故成为现代派文学

大师,而阿根廷的萨瓦托,一个生活中的物理学家怎么嬗变成一名独特的作家,等等。

但这些都是从书本上、从文字材料里得出的印象和猜测。因为别的作家的情况我们只能去猜度,而讲自己则能够做到真切不虚,而且更具体、更直接、更有说服力,所以接下来,我要重点讲一讲自己的经历和故事。

那么,作为一个农村出身的孩子,我本科学的是物理,研究生学的是经济,到底是怎样慢慢靠近文学并去尝试写作的呢? 到底有哪些生活机缘与细节影响了我,把我推向文学并最终让我成为一名作家?

让我的叙述回到三四十年以前,回到童年,回到我那遥远的故乡。

笔架山:那应该是上小学之前,过年祭扫祖先的坟墓,到曾祖坟前,懂风水的父亲说这个墓地是他选的。他跟我们说这块墓地的风水好在哪里,让我们眺望正对着这块墓的那座遥远的山。这座山中间是主峰,两边各有一个肩膀似的次峰,那形状恰如笔架,所以那山就叫笔架山。然后他让我们仔细地看主峰半山腰处灰白色的石笋,父亲说那就是笔。最后,他无意间补充了一句:"我们家要出一个文人。"父亲的话虽然有迷信色彩,但那也许就是我生命中最早把自己与文人联系起来的时刻,一种模糊的潜意识,里边还有一丝微妙却神秘的自我暗示。

父母之名:上小学之后,我们偶尔会填表格,要写上父母的名字,我那些农村同学填上的名字可想而知,"生伙""松木""芳姣""美珍"等等。我的父母是同一个镇里的人,都姓张,我发现他们俩的名字显得鹤立鸡群、与众不同,父亲叫"鹤鸣",母亲叫"秋光",连在一起就是"鹤鸣秋光"!四个汉字构成了一幅颇有文学意味的图景,新颖而又陌生。我相信,这是特别的文字组合对我最早的文学性刺激。

山巅遥望:三年级之后,每天下午放学回家,我就带着砍刀和麻绳上山砍柴。因为母亲做豆腐,我们家要烧掉比别人家多得多的柴火。有时候,砍柴累了,坐在山巅遥望自己从小生活过的小镇。隔着那样的距离,处在那样的高度,小镇小得就像火柴盒,小溪上的木桥像玩具,街道像掌纹,而村人如蚁、如蝼,似梦、似幻……那样的遥望,让我拥有了一种特殊的视角和距离感,好像睁开了另一双眼睛。于是,那熟悉的小镇变得陌生、变得新奇,那种感觉和体验与后来在书中读到的文学世界何其相像。

　　作文与语文老师：也许是懂事早，也许是对文字比较敏感，我从小就不怕写作文，语文成绩总是好于其他科目。我的作文常常被语文老师当成范文在讲台上读或被贴在教室后面的墙上。我相信，那是最早让我体会到"自我"的方式，而这种稀罕珍贵的存在感与自信是由作文或者说文学带给我的，所以我要特别感谢人生中遇到的两位语文老师，一位是小学的，一位是中学的。（这些年出去做文学讲座时，总有听众询问如何教育孩子之类的问题，我就会想起那种存在感与自信对我的重要性。我觉得父母不一定要让孩子上那么多兴趣班，不一定要学钢琴或小提琴，但一定要了解孩子的禀赋与特性，通过鼓励和其他适当的方式，让孩子尽早体会到自我的存在，体会到自信为何物。我相信，这样的自信与存在感，会影响孩子的一生。）

　　《水浒传》：大概是小学五年级吧，我在镇里的一个老中医家遇到了那本没有封皮的《水浒传》。我们小时候读不到什么文学书，除了语文课本，就是《金光大道》《艳阳天》等几部书。所以，当我翻开《水浒传》，读到那么多英雄好汉的神奇故事，读到那个文字构成的魅人世界，整个人完全像入魔一样被迷住，那是文学带给我的最初震撼……

当然,在后来的岁月里,还有许多细节与经历,为我一步步走向文学之路产生过不可忽视的作用与影响。比如初中时参加全县语文比赛获奖;初二时"四人帮"被粉碎,重新恢复高考,一个本来读完初中就回家务农的孩子被送进了高中快班。1980年夏天,三百个同学参加高考,只考进了两人,我是其中一个。于是我做梦般被杭州大学录取,而读的却是物理系,因为那一年高考我的物理考得最好,班主任就建议我报物理专业。大学四年,真的是快乐并痛苦着,大脑基本上成了一个激烈的战场,一边是伽利略、牛顿和爱因斯坦,另一边则是莎士比亚、托尔斯泰和契诃夫,斗得难解难分,不分胜负。再后来,大学毕业,因为怕踢不了足球,所以不愿回故乡东阳,于是鬼使神差地同意去一个当时从来没有听说过的地方——连云港。1984年夏天,我像经历了二万五千里长征一样,从东阳出发,经上海,到徐州,后经陇海线,终于到了连云港那个日本人打进来时造的小火车站。一路上,我看到了当时荒凉至极的苏北地区到处都是芦苇和茅草房。我打听要去报到的那所化工部矿业专科学校,许多人竟然都说没听说过,后来一个开电动三轮车的小伙子说他可以带我

去。那三轮车开了半天,我看到的都是一些低矮丑陋的砖房和狭窄的街道,开着开着,就开进了两边都是芦苇的乡间土路。我问他连云港市区怎么还不到,他说连云港市区已经过去了,而我要去的那所学校,根本不在市区。那所矿业学校在乡下农村的一座矿山脚下,而我当晚入住的学校宿舍居然在稻田的中央……正是在那个连一棵草都觉得陌生的异乡飘零的生活里,在那种孤独的青春岁月里,除了没命地踢足球,我就像昆虫趋光一样地靠向了文学,一边教物理,一边开始尝试写小说。1987 年,我发表了中篇处女作……

不同的作家从生活走向写作、走向文学的具体路径与过程不尽相同,但也会有一些相通的地方,比如童年经历都很重要,那种孤独和对文字的敏感几乎是起决定性作用的。没有人天生就是作家,生活的机缘与细节影响了他,或者说,一个人从生活走向文学并不是偶然的,在这个过程中我们一定可以找到必然性的因素和力量。

一方面,文学对你有足够的吸引力,另一方面,生活对你有充分的推动力,两者缺一不可,且会形成合力,把你推向文学,并最终使你成为一个写作者。

1.3.2 微观层面:生活的素材怎样变成小说文本

发表于《北京文学》杂志的短篇小说《十八岁出门远行》,既是余华本人整个文学生涯的发轫之作,也是当代先锋文学的开山之作。话说那一年余华坐火车到北京去参加杂志社的文学笔会,正为写什么犯愁时,看到了火车小桌子上的一张小报。小报上有一则时事新闻,说从嵊县(今嵊州)到新昌的公路上有一辆货车抛锚了,货车上的苹果被当地的村民哄抢一光。正是生活中的这起小事情,刺激并触动了余华,并最终促使他创作了这篇重要的短篇小说。

文学史上有一些经典作品,也是从报纸的社会小新闻里得到创作的素材或灵感的。比如福楼拜的《包法利夫人》就源自他在报纸上看到的当地一个女人与别人偷情,后来因欠债服毒自杀了这一新闻。据说托尔斯泰的《安娜·卡列尼娜》也有一个类似的生活原型。

福克纳说他是因为看到一个屁股上有一块烂泥的小女孩趴在墙头上观看祖母的葬礼,因此他才决定要写一篇小说,想写一写小女孩为什么趴在墙头上看祖母的葬礼,她的屁股上为什么会沾一块烂泥。一开始他只是想写一篇短篇小说,写

着写着,就觉得非得一篇长篇小说才能把事情说清楚。这个长篇小说就是现代派的扛鼎之作《喧哗与骚动》!

从某种角度上说,每一篇小说都可以从生活中找到原料和缘由。不同的作家,生活素材与小说文本的距离是不同的,同一个作家的不同小说情况也不一样,有的作家的小说与生活原型比较接近,有的则离得远一些。但不管怎样,很少有作家(除了创作之初)只是凭借把自己一段相对完整的生活经历用文字表达出来便创作成小说的。一方面,不管生活的真实经历再传奇、再罕见,其实对人类、对历史来说都只是重复,只是老故事,太阳之下没有新事;另一方面,复制生活式的写作,没有想象与虚构,没有写作的难度,实际上也就没有超越性和创造性,而艺术的本质就是创造。

我自己的小说与生活元素或原型是离得比较远的。下面举几个创作案例。

《秋天的早晨》:这是我在《作家》杂志发表的第一篇短篇小说。那时候我还住在校园里,晚饭后经常与妻子在运动场散步。有一次她不知为什么突然跟我讲起了她二姨较为"离奇"的死亡方式。她说有一天中午,二姨与二姨夫吵了一架,下午去同一单位上班的时候,两个人就一前一后地走在路上,不像往常一样并肩而行。他们照例要经过一个没有警铃与障碍的火车小道口,二姨夫走得快,他先过了道口,往前走了没几步,就听到了一声尖利的火车刹车声,回过头看到的是一辆停在铁路上的火车。他本能地想,妻子一定还没走到道口,一定还在火车的那面,可实际上,妻子已经在火车的下面了。

这个小故事,尤其是二姨的死亡方式,当时就刺激到了我。我越琢磨,就越觉得非同寻常,直觉或灵感告诉我,也许可以凭此写一篇小说。于是我就虚构了一对年轻夫妻,早上起来,因为再小不过的事情(丈夫刷牙时发现牙膏用完了),吵了几句嘴,然后渐渐升级为冷战,结果两个人都没有吃早饭就去上班了。在小说里,妻子没等丈夫便自顾自地先下楼去坐公交车,丈夫在后面跟随,上车后,两个人就像陌生人一样地站在公交车的前门和后门口。在郊区附近下了公交车,两个人还要步行一会儿并经过一个没有警铃的火车小道口。与生活原型不同,我在这里设计了一个从对面走过来要去市区办事的妻子办公室里的黄科长,于是妻子与黄科长就站在那里打招呼,说了几句话,丈夫就超过了他们并率先走过了道口,穿过了铁轨。刺耳的火车刹车声响起时,已与妻子告别的

黄科长正在路边点烟，手里的火柴还在燃烧，他回过头看却没有看到她，便以为她已经过了铁路；这边的丈夫被那阵刹车声吓了一跳，他本能地回头去看，但看到的只是一辆停在铁轨上的火车，他不由得想，妻子一定还没过铁路，一定还在和黄科长啰唆什么。

与生活原型相比，两边对看的设计加强了死亡结尾的疏离效果。除了结尾，这个小说的情节完全是想象的产物。我可以在这里透露一下构思时的基本想法：一定要写一个吵架原因可以忽略不计的生活细节，小得就像起于青蘋之末的微风，但这就像蝴蝶的翅膀轻轻地扇了那么一下，却导致了一场死亡的风暴。这样的悬殊落差才是这篇小说的关键，它体现了人性中非理性因素的突入，体现了命运的不可捉摸，等等。重大的原因引起重大的结果，这只是逻辑与理性；轻微的原因却导致死亡的巨大悲剧，这才是小说想要表达的东西。

《牛皮带》：那是《作家》以"张亦辉作品小辑"的形式（两篇小说与一篇创作谈）发表的小说之一。这篇小说最初的生活触媒或刺激，来源于与女儿一起看《动物世界》。《动物世界》是女儿爱看而我也非常愿意陪她看的节目，除了各种吸引人的动物故事，这个节目的解说词也很棒，赵忠祥的声音极具特色,经常可以听到如诗一般的解说。
比如,画面展现的是一条流向沙漠并逐渐消失的
河流,这时候,就会听到一句极有魅力的解说词:
"这是一条通向天空的河流。"那天,我坐在沙发上
陪女儿看《动物世界》,当然并不像女儿那样目不
转睛地看,而是有一搭没一搭地看,所以我先是听
到一句充满神秘诗意的解说词:"一条大白鲨游过
佛罗里达的海面。"惊讶之余,我抬头看,电视屏幕
中展现的是深不可测无边无际的大海的画面。那
一瞬间,这句解说词,以及相应的画面就刺激到了
我。我觉得这句解说词特别有意思,它特别像一
句诗,里边蕴含着一些说不清道不明的东西,比如
孤独,比如无限时空中的偶然性。

我想通过虚构一个故事来表达这些一时说不
清的东西。于是我就想象了一个故事:一个人午
睡醒来穿裤子时,牛皮带断掉了,只好上街买皮
带,然后遇到了离奇的事情。整个故事表达的那
种时空的神秘性与偶然性,恰好是那句解说词中
我们可以模糊地感受到的东西。

《证婚人啊你是谁》:这是发表在《北京文学》
上的一篇中篇小说,它源于我生活中做的一个梦,
但整个故事和那趟长途旅行完全是虚构的。虽然
我把那个梦写进了小说,但那个梦其实只是一个

让我回忆大学生活的引子和契机，这篇小说真正要表达的是一种生命的怅然与无奈：生活与岁月让两个昔日的同窗好友相见却不相识。

通过这几个小说案例，我们不难感受到生活与小说之间活性的、具体的、复杂的关系。小说来源于生活，但生活并非小说。在生活与小说之间，一定有想象与虚构，有灵感与直觉，有叙述和语言！

为了让你认识生活与小说的渊源关系，我还可以描述一个小小的细节。我的小说大多数主人公都叫"歌山"，一般读者可能并不知道为什么我要起这样一个古怪的名字。原因很简单，除了想通过名字让读者感受一种非日常的（没有人姓歌，不是么）和先锋的气息，这个名字其实并不是凭空杜撰、向壁虚构的，而是我的故乡东阳的一个镇的名字。东阳有两个镇的名字很有诗意和美感，一个叫歌山，一个叫画水。那时候我生活在连云港，梦里梦外都是南方与故乡，所以，写小说的时候，在琢磨主人公的名字的时候，我莫名地偶然而又必然地想起了"歌山"这两个字。

2　小　说

2.1　《褐黑的野兽》的创作过程

年轻时,我曾有十年左右的小说创作时光,真正地把整个生命投入其中。我现在还能想起创作时的那种状态和虔敬之情:一定要用市作协提供的三百格浅色稿纸,自己学校的粗框稿纸就不行;一定要用蓝黑色墨水,用纯蓝色墨水就找不到感觉;坐下来写之前,往往会洗一下手;写作时一定要用一块白色硬纸板垫在手与稿纸之间,免得汗水溻了稿纸。稿子写得那个工整,简直可以与情书相媲美。

模仿一句现在的网络语言:那时候,我要么趴在桌子上写作,要么是在准备写作。我觉得自己并不是坐下来就能哗哗书写的,在上一篇小说与下一篇小说之间,我差不多处在如猎人般的等待与不知猎物在何时何处出现的焦虑状态。对我而言,虽然写成了几篇小说,而且都在《作家》《北京文学》这样的一线杂志上发表了,但接下来写什么,依然是一个未知数,依然面临着考验与挑战。

我那时还住在学校的筒子楼里,只有一间房,挨着楼梯口,做饭的煤炉就放在走廊里。夜里等妻子与女儿睡着后,我会搬一张小板凳,坐在楼梯口的黑暗里,一边抽烟,一边思考接下来我要写什么。

有一次,坐在黑暗里的我,脑子里忽然浮现出遥远的童年里一个记忆的画面:傍黑时分,母亲到村东头的溪边挑水,我非要跟着一起去,母亲走下埠头时,我看到溪滩对面的浅滩里,站着一只小牛那么大的褐黑色的野兽!隔着几十年时光,我依然能想象童年的我在那一刻的惊异和莫名的恐惧。

手里的那根烟还没抽完,我就觉得,可以根据这个回忆画面和画面背后的生命体验,写一篇小说。

2.2　完成的小说文本

褐黑的野兽

那是个遥远的夏天的傍晚。

没有月亮。

母亲挑着杉木水桶,到村东头的溪边挑水。我紧跟在母亲后面,光着脚丫,穿着开裆裤,只有母亲肩上的水桶那么高。杉木水桶的气味又黑又凉若隐若现。母亲走得很快,我小跑着跟在母亲后面,连摇带晃,就像一条无魂的流浪的小狗。

天已经黑下来了,四周一片寂静,只有母亲的挑钩发出"叮哪""叮哪"的响声,清冷而又幽暗。我干脆拽住母亲的衣襟,一步不落地跟在母亲身后,看上去,就像母亲肩上的第三只水桶。

远处的田野里,弥漫着一股淡雾似的若有若无的地气,好像在上升,好像在下降。更远处的山峦轮廓模糊黯黑难辨。

溪边一个人也没有。

母亲走下埠头的时候,看见了溪滩对面的那只野兽。

我站在岸上,也看到了那只野兽。那是一只小牛那么大的褐黑的野兽,昂着头静立在对面的昏暗的浅滩里。它的背后是一片黑黢黢的柳树林。

母亲朝溪边走两步,那野兽往对面退两步;母亲犹豫着倒回几步,那野兽就朝这边蹚几步。母亲站着不动,它也站住不动。

母亲和那只野兽对峙着,相持着。

溪滩很宽,可我却觉得很窄,溪水泛着幽光哗哗地流淌。

我看见那野兽的两只眼睛,像两块烧红的炭火。溪水在哗哗流淌,那野兽岿然不动,自始至终昂着头。我不由自主地叫了一声妈,我觉得我不是因为害怕才叫的,至少不完全是这样。

母亲没有答应,母亲好像没有听见我的叫喊。也许我只不过是在心里叫了那么一声。

母亲急匆匆地舀了水,跌跌撞撞走上岸,拉起我的手就离开了埠头。母亲疾步如飞,我撒开脚丫没命似的跑,跑着跑着,我已经脚不点地身轻如燕,因为母亲差不多把我整个儿提溜了起来。这样一来,我就真的成了母亲肩上的第三只水桶。一路上,母亲挑着的那担水,不住地泼洒出来,把我的衣服全溅湿了。

　　　　回到家，我才发现自己的一只手里
　　捏着一块石头，一块带棱角的石头……

2.3　这篇小说写了什么

　　首先是恐惧，这个主题几乎是直观可见的。恐惧既是一种个体的生命感觉，同时也是人类的原始记忆。面对众多未知事物，以及威胁他们的野兽和自然灾害，恐惧无疑经常占据早期人类的内心，从而成为一种基因一样的东西。可想而知，恐惧基因对童年的影响更为明显。小说中的"我"在遇到褐黑的野兽时，体验到的正是这样一种活生生的恐惧。这恐惧体现在具体文本的叙述与情节之中，如野兽与母亲的"对峙"与"相持"，如"我看见那野兽的两只眼睛，像两块烧红的炭火"，再如"也许我只不过是在心里叫了那么一声"，恐惧到了让"我"失声的程度。

　　其次，男孩从小就有一种保护母亲的本能，这种本能当然源于爱。文本中也有这方面的表达，如"我不由自主地叫了一声妈，我觉得我不是因为害怕才叫的，至少不完全是这样"，"我"想通过喊叫告诉"母亲"，我也在这儿呢，我跟你在一起，母亲别怕。而在那个虚构的结尾（回忆画面中并没有这个细节）中，"我"手里捏着的那块石头，无疑更是抵抗野兽、保护母亲的证据。当然，"我"这种对母亲的爱与保护，又不是那么清晰、那么明确，这是暧昧的，是与恐惧心理混淆在一起，堆叠在一块，扯不清理还乱的。比如，"我"虽然叫了一声母亲，想告诉母亲我也在这儿你别怕，可实际上，"我"恐惧得失了声，那喊叫被恐惧压回喉咙里了。而那块石头也应该一分为二，它是打击野兽保护母亲的证明，但"我"当时捡起石头几乎是无意识的，几乎被恐惧所淹没，不知道自己是怎么抓起那块石头的，而是回到家之后才发现！

最后，从母亲的角度看，这篇小说其实还表达了一个生活的真相：虽然"我"有保护母亲的本能与动作（手中的石头），但毕竟太幼小，"我小跑着跟在母亲后面，连摇带晃，就像一条无魂的流浪的小狗"，所以实际上"我"只是母亲的负担和累赘，她面对野兽时的紧张与慌乱，与其说是自己感觉害怕，不如说是因"我"而起的担心。为了表现这一点，文本在叙述时故意运用了明喻和暗喻，三次提到了"水桶"这一喻象："光着脚丫，穿着开裆裤，只有母亲肩上的水桶那么高"；"我干脆拽住母亲的衣襟，一步不落地跟在母亲身后，看上去，就像母亲肩上的第三只水桶"；"母亲差不多把我整个儿提溜了起来。这样一来，我就真的成了母亲肩上的第三只水桶"。

当然,褐黑的野兽这一形象,在某种程度上,还是一种象征。许多男孩小时候都有一种普遍的心理感受或潜意识一样的东西,总觉得在生活中,在自己周围,有一种威胁着母亲的黑暗力量存在,就像那只与母亲对峙的野兽。

2.4 什么是小说呢

从上面的文本分析中,我们大致可以对小说这种文体做出一些描摹和定义:

小说来源于生活(直接的或间接的),但生活并不就是小说。生活素材与小说文本之间的差异,就是想象与虚构的结果,就是语言和叙述导致的。

生活的真实不同于小说的真实,那个画面已经变成一个文本,小说的真实中加入了对生活真实的思考、理解和补充,添加了作者的创造,变成了一种虚构意义上的心灵的真实。很显然,生活中的事物(如一只野兽)只是事物,不可能成为象征,而小说中的事物却不仅仅是事物,在独特的想象之光与叙述之光照耀下,事物(一只褐黑的野兽)已然成了一个象征。

小说往往与记忆有关。

记忆与文学的关系，其实不像很多人以为的那么简单，我们有必要重新考量一下。

普鲁斯特（以及本雅明）把人的记忆分为两种：一种是意愿记忆，另一种是非意愿记忆。

普鲁斯特认为意愿记忆往往是刻意的、人为的，不是源于生命深处和心底，通常是为了表现什么主题思想而特意寻求想叙写的东西。如我们经常可以在国内一些革命题材的小说或影片中看到意愿记忆：一个英雄马上要跳下河救人，他脑中想起了毛主席语录；一个中弹快死的革命战士挣扎着告诉战友他的党费还没有交。而非意愿记忆虽然看似细小没有什么显在意义，但它烙印在生命里，是自动萌发自然涌现出来的，实际上更能表现生命的真实和心灵的律动。普鲁斯特的《追忆似水年华》可谓是人类非意愿记忆的集大成者或纪念碑，而有关"小玛德莱娜的点心"的细节无疑是这方面的极致和典范。在《百年孤独》开头，奥雷连诺临死时想起了参观冰块的细节，虽然没有比初恋、战争更重要、更能表现人生的历程，但这个记忆曾在童年震撼过他的身心。因为在位于热带的拉丁美洲，人们从没有见识过水晶一样的巨大冰块，当父亲第一次带他去参观，并用手触摸在阳光下闪烁着魔幻般晶莹光泽的冰块的时候，小奥雷连诺曾大声喊出"真烫!"那一刻就这样深深地烙印在他幼小的心灵之中,永生难忘。写出了这个"非意愿记忆"的细节,马尔克斯就让自己的叙述走进了艺术和生命的双重真实之中。

而《褐黑的野兽》这篇小说,显然来源于我的一个非意愿记忆:它是多年后自动浮现出来的,而非我刻意想起的。记忆里的那个画面,曾经在那一刻深深震撼我幼小的心灵,以至于多年后,这个记忆仍然存储于生命深处,遇到恰当的时机,它就再度浮现在脑海之中。

小说一定是叙事性的,会讲一个或多个故事,里边有人物有场景,有情节有细节。而故事一定有一个结构,有开头,有结尾。就像《褐黑的野兽》的结尾,关于手中石头的细节,它并不属于记忆,而是因为小说结构的需要,特意想象与虚构的结果。就如竹匠编一个筐一定要收尾一样,一个故事一定要有一个收尾。如果没有这个虚构的结尾,这篇小说就不称其为小说,它差不多就只能是对记忆画面的文字呈现了。

小说一定是叙述的产物。作家之所以觉得一些记忆画面、声音细节及某种感觉(就是常说的素材)可以或可能写成一篇小说,不是因为这个记忆或这种感觉刺激很完整,而是因为它里边包含的意味丰富复杂,有难言的微妙的东西存在,这是一种关于生命或关于生活的谜一样的东西。小说的创作就是冲着这些复杂、丰富、微妙的东西去的(苏童:写作往往是跟自己没有梳理过的直觉、内心生活有关系),也就是说,作家往往不会因为一个哲学观点或某个主题去写一篇小说。就像迈克尔·伍德在《沉默之子》中所说的那样:"小说是自由主义和人性的,是非指导性和暧昧模棱的,它专注的是人类行为和动机的复杂性。这是昆德拉仍然在写的小说,甚至是贝克特如果活着还在写的小说;是巴特渴望写而卡尔维诺的人物渴望读的小说。"

从这个角度,小说创作就是要把素材中那些说不清的丰富内涵用虚构的故事与恰当的语言叙述出来。

不管是想象,还是虚构,最终都要落实到具体的语言和叙述上。那些复杂丰富的内涵的呈现,都是叙述的产物。一方面,一篇小说绝非只讲一个主题,否则这篇小说几乎就没有写的必要与价值了,小说就是要处理生活中、生命中的复杂性,所以我反对把小说进行主题性阐释与肢解;另一方面,小说中的每个细节、每个比喻,甚至每个标点符号,均通向主题内涵,就如《褐黑的野兽》中的水桶的比喻与虚构的石头那样。对此,萨特早就说过"小说中的任何东西都是作者操纵的结果",说白了,就是叙述的结果。

2.5 中外作家对小说的界定与说法举隅

马尔克斯说:"小说是关于世界的谜。"

马尔克斯这个说法事关小说的复杂性与暧昧性,事关小说的迷惑性,也透露了这样一个抱负:要把司空见惯的世界书写成谜一样的令人惊奇的小说世界,就像《百年孤独》中那个魔幻现实主义的马孔多一样。

昆德拉说:"小说就是探索和揭示生活的多种可能性。"

昆德拉强调的是生活与小说的衍生关系,认为小说源于生活却异于生活。每个人都只有一种命定似的生活,但借助小说,我们可以经历多种多样精彩纷呈的生活。

昆德拉还说:"小说是对存在的非理性领域的勘探。"

这个说法强调的是小说与科学的不同之处,科学是理性地探索真理,而小说则是探索生命中、人性里的非理性元素。它们没有逻辑,不可预测,无法变成一劳永逸的真理或规律,它们复杂、暧昧、微妙,只有小说与故事可以接近它、描述它,供人反思,给人启迪。

王安忆说:"小说是心灵的世界。"

王安忆对小说的界定虽然简单,但切中了小说的本质:小说是一个自给自足的世界,但并不迥异于现实世界,它是一个心灵的、精神的、虚构的世界。

余华说:"小说是要表达生活中不能表达的内心生活。"

余华的说法也旨在表明,小说不是对现实的简单模仿或描绘,而是要呈现心灵的疆域与精神的地图。我们在生活中表现出来的人格或人性仅是冰山一角,我们的欲望远比现实中的行为丰富复杂。通过小说,我们可以自由表达那些生活中不方便表达的东西,比如卑劣与崇高,比如暴力倾向。余华自己前期的暴力与血腥叙事,与他的这个说法简直互为镜像。

格非:"小说是对遗忘的反抗。"

现代人像机器一样运转着,遗忘了存在本身,我们的情感、我们的自主意识等都被忘记了。现实生活中也到处有故事、天天有故事,但它们只是一些信息,是一些外在的行为。小说中叙述的故事则是内心的表达,它的虚构与想象均按心灵的逻辑而非客观外在的逻辑。所以,现实的故事容易被消费并消耗,而小说中的故事则可以被不断重读和体验。因为它表达了存在的内部真相,表达了人的情感与欲望,记录了那些有价值的人性内涵与生活意义,是对遗忘的反抗。

2.6 本书体系下的两个小说定义

作家对小说的看法均是基于自己的写作,基于某个侧面独特的视角。从本书的体系出发,从相对普遍与共性的角度,我想提供以下两种小说的定义:

小说是叙事性文本。

这个定义几乎可以涵盖这个世界上的所有小说。因为古今中外的小说都在写故事。有人甚至这样说:"从讲故事到写故事,就是小说诞生的标志。"

小说是叙述的产物。

小说与电影虽然都在讲故事,但它们最大的不同就是电影用镜头和音乐等综合手段讲故事,而小说用语言和叙述讲故事。小说是语言的艺术,是叙述的产物。虚构和想象、主题与内涵、形式与内容,它们均须落实为具体的叙述。

语言叙述的技巧与小说的修辞是一个宽广的

话题。在这里只强调一点:是叙述最终造就了小说文本,即使同一个素材、同一个记忆画面或感觉,用不同风格与方式叙述,也会产生完全不同的文本或文体。也就是说,是叙述而不是素材决定了一篇小说的特点。法国作家雷蒙·格诺的《文体练习》就是这方面的著名案例。

我在这里举一个自己的写作案例。

在生活中,我们偶尔会遇到恍惚得令人疑惑的现象或细节,让人百思不得其解。我们常常会想办法把这样的细节与感觉写成文学作品。比如,某一天你往湖里扔了一块石头,但没有听到石头击水的声音,你觉得很奇怪,不知道遇到什么情况了,也不知道到底是什么原因,明明应该听到一记石头击破湖面的"咚"的一声,但什么也没听到,怎么听也听不到。

我最早是把这个细节写成了一首诗:

回 声

童年的某个傍晚

我独自站在岸上

脚下是浩茫的湖面

湖的周围

蓊郁着树木和草丛

　　我摸出口袋里的鹅卵石

　　一颗温暖如鸟的鹅卵石

　　奋力把它抛向湖面

　　一天地都是静

　　我谛听那记声响

　　谛听鹅卵石坠进湖面的

　　声响

　　过了很久很久

　　我没有听到那记声响

　　那鹅卵石也许没有坠落

　　也许一直飘浮在半空

　　变成了一只鸟……

　　我记得诗人于坚曾经写过一首类似的诗歌，叙述了某个晚上听到书架后面一种东西坠落的声音，但走过去看却什么也没看到，怎么也搞不清究竟是什么东西掉落了下来，弄出了那样的一种声音。

　　当然，关于湖边扔鹅卵石的细节，我也可以把它写成写实风格的小说，叙述我怎么到了那个湖边，为什么扔那块鹅卵石，又为什么没有听到击水的声音。比如，我可以写这颗鹅卵石刚好落在了

一条浮出水面的鱼身上，等等。可我后来用一种先锋小说的叙述方式，把它写成了一篇偏离现实主义的现代派小说：

博尔赫斯的形成或者诞生

终于，这个孩子来到湖边。

在这之前和在那之后，很多人来到过湖边，从不同的角度体验并且把握了湖边深远的意境。关于湖的形式和内容，有过众说纷纭的描述和思考。

但这个孩子是独一无二的。前无古人，后无来者。

那是暧昧的黄昏，当然也可能是朦胧的清晨。鸟儿在无声地飞翔。

小孩独自站在岸上，湖的四周氤氲着水草、芦苇和树木。没有花，小孩并不觉得奇怪，让小孩感到似是而非的倒是那些蓊郁的树木的年龄。

整个天地都是静。

静，是构成任何意境的必要条件。

鸟儿飞着飞着，就看不见了。空中恍惚还留着它们飞行的痕迹。

后来就起雾了，而且有风。风是忽

紧忽慢的,雾便忽浓忽淡。

小孩的心里漫溢起空蒙缥缈的感觉,微微有些发冷。小孩情不自禁地握了握手中的鹅卵石。

幽凉的湖面平滑如镜。小孩能看见的,仅仅是镜子的一部分,脚下的那一部分。有一瞬间小孩觉得湖是流动的,流得极快,快得看不见其在流动。

小孩瘦薄的躯体被湖的深远空旷和永恒笼罩着,垄断着。

小孩一边缓缓地摆弄着手心里的鹅卵石,一边想象湖水里游弋的鱼。鹅卵石温暖而又光滑。湖底的鱼儿在游弋。

莫名地,小孩觉得湖里应该有一条别具一格的鱼,一条静顿的鱼,一条和他一样一动不动地站着的鱼。

他觉得应该有这样一条鱼,一动也不动地站在湖底某处,和他对峙着,孤独地响应着。

那条鱼和自己有唯一的默契和神秘隽永的交流。小孩这样想着,便觉得自己也是一条鱼,一条站在岸上的鱼。

小孩渐渐地滋生了那种只有鱼离开

水才可能有的窒息感。

小孩有些讨厌这种感觉。

于是,小孩摊开了手掌,他看见了那枚鹅卵石,鹅卵石像一只温暖安详的小鸟,躺在他的手心里。他仿佛听见微微的依稀的啼叫。

他听见了小鸟微妙的啼叫,一种奇异的痒痒的感觉在手心里漾动。

他缓缓地,缓缓地扬起手臂,一直把胳膊扬到脑后,绷紧躯体,奋力地甩了一下。

风突然停止了,天地一下子暗淡莫辨。

他屏息倾听,倾听鹅卵石落进湖面的声响。

那一刹那,一切都飘逝消失了,只剩下了自己——连自己也消失了,只留下一双倾听的耳朵。

他倾听着,倾听着那记声响,鹅卵石击破湖面惊动鱼群的声响。

他用耳朵听,用眼睛听,甚至身上的每一个毛孔都在听,整个生命仿佛具象成一个巨大的综合的听觉器官。

空间消散着,混沌成一片,时间像落叶一样缥缈。

他倾听着那记声响。

时间一分一秒地枯萎,他好像听见了那记声响,好像又没听见。

他意识到自己可能陷进了暧昧的幻觉的泥沼,自己可能压根儿没听见什么声响。

他想:难道那鹅卵石真的变成了一只鸟?真的飞向了空中而不是落进了湖里?

他觉得不可思议,继续倾听着那记声响。他觉得自己无论如何都应该听到那记石头击水的声音。

时间缓慢地重又流动起来,而且越流越快,空间重新冒出柔软的三维的芽。他仍没听见那记声响。

他就那样倾听了很久很久,但他依然没听见那记声响……

许多年之后,每逢特定的黄昏和恰当的黎明,他总是情不自禁地不可自拔地倾听那记声响,一直那么倾听着。

一辈子快过去了,他已经是个辉煌

的老头,他的名字的光芒足以照亮他每一个漫长的消逝的黑夜。他的眼睛开始大幅度地模糊变瞎,太阳和烛火之光对他来说已经大同小异模棱两可。他的耳朵也快聋了,隆隆的雷声已经不再存在。但他依然能看见那个永远的湖,依然用明亮如星的心灵倾听着那记声响,那记遥远的洞穿了他的一生的虚幻如铁的声响……

3　故　事

3.1　什么是故事

　　作家孙甘露曾说,故事就是过往之事,所以,小说就是回忆加上想象。这样的说法虽然有趣,但并不严谨,作为概念不够准确。

　　我们都知道故事的基本要素有人物、地点、时间、起因、经过、结果等。

　　一般来说,构成一个故事需要两个条件:一是时间序列,二是因果关系。时间序列给人物的行为提供舞台,让故事得以起承转合,发生并发展;因果关系则让故事有了逻辑与结构。

　　如"一天下午,一个男人在上班的路上被车撞死",这是故事吗? 还不是,只是一个孤立的事件,没有关系和序列。因此,事故并不是故事。

　　而"一天下午,一个男人在上班的路上被车撞死。他的妻子几天后就疯了",这就是故事,既有时间的递进和序列,又有因果关系的存在:因为丈夫车祸去世,所以妻子后来就疯掉了。

关于故事的时间与序列,需要补充的是,古典小说里,故事的时间一般与现实生活保持一致或者比较均衡,篇幅的长短与时间跨度成正比。比如巴尔扎克、司汤达、托尔斯泰等人,一部长篇小说通常会包含几年甚至几十年的时间,而现代小说里的故事时间则发生了畸变,像乔伊斯的《尤利西斯》这样的小说,六十多万字的篇幅,却只写了不到一天的时间。古典小说里的故事序列相对清晰,线索较为简单,而现代小说里的故事线索混乱,序列断裂,如意识流小说等,故事本身就是碎片化的。

因果关系也发生了类似的变化,古典小说里,故事的因果关系比较清楚(章回体小说的因果报应),到后来,关系趋于复杂,如多因一果,一因多果,等等。而到了现代派小说,其荒诞性,就体现在故事因果关系的瓦解,有因无果,有果无因,体现了非理性倾向。贝克特、罗伯特·格里耶等人的小说即是如此。(剧作《等待戈多》中,戈多是谁?为什么等待?为什么没出现?这些问题根本没有答案。)

3.2 故事的两种类型

本雅明认为,从产生机制的角度讲,早期的故事可以分为两大类。

其一是时间性故事:这一类故事类似我们平常说的"讲古",就像我们小时候在街口桥边听老人说早年间的事情。那些由于时间久远而让我们觉得陌生新奇的事情,经过老人以亲历者的口吻讲述,就成了年轻人耳边的故事。我们读到的许多家族小说与历史小说,其故事就属于这样的类型。马尔克斯在谈创作时就强调,自己的小说写作,与外祖母小时候跟他讲的那些传说与故事有关,外祖母讲故事的语调,就是他写《百年孤独》的语调。

其二是空间性故事:原先交通闭塞,通信不发达,人们一辈子就生活在自己的小村里,以为眼前所见的山野、田畴、树林、炊烟就是整个世界。这时候如果有一个海员或经商者从远方回乡,并把在异国他乡的所见所闻跟村里人讲述,那么他讲述的这些事情经过添油加醋之后,就成了村里人眼里的奇闻和故事。我们读到的大量探险小说或旅行小说就是这样的故事类型,这样的小说往往有一种异域文化的色彩。

当然,本雅明所谈的两种故事类型的发生机制,主要是指早期的故事,不一定完全适用于小说中的故事。因为小说里的故事已经被想象与虚构改造,已经成了具有个性印记的主观产物,成了有其内在动机与丰富内涵的文学文本。

3.3　故事的功能

人们自古就喜欢听故事,一直到现在依然如此。而小说作为叙事文体,故事显然是其最基本的形态,没有故事几乎就没有小说。从讲故事到写故事(小说),千百年来,故事一直是人类生活和文化中不可或缺的组成部分。那么人们为什么喜欢听故事?故事的魅力到底体现在哪里?故事有什么功能与价值呢?

故事(小说)吻合人类探知谜底的本能,好奇心是历史前进的动力。罗伯特·格里耶曾说:"男女之间的角力是人类前进的动力。"我们都知道,"男女角力"其实是最常见的故事形式(所谓爱情是永恒的主题),也是小说故事的渊薮。故事的悬念、戏剧性等可以满足人类的好奇心这一本能。故事可以让人消遣、娱乐,如那些侦探故事既是人性的表达,更是想象力的游戏。故事可以构形生活,凝聚现实,化抽象为具象,因为生活本是无形而弥散的,故事却可以给生活提供一种充满张力的结构形态。当然,故事里的道德内涵与思想启迪,还是人类自我教化的最好方式,远比教条与训示更有趣,也更有效,等等。

3.4 故事的衰退

与故事的产生机制相对应,本雅明认为故事的衰退也有两个原因。

其一是现代社会的信息传播快捷方便,尤其是信息时代,人们足不出户,通过传媒与网络,就可以了解全世界的信息与动向。在空间角度,再也没有什么陌生的异乡存在。我们都知道,地球本身已经变成"村"了。

其二是现在的人只重视眼前。时间就是金钱,大家都追求效率,对以往的事情不再感兴趣。即使有人说起从前的故事,也没有多少人爱听了。所以时间维度的故事也慢慢消失。我们经常喟叹农业文明的衰退,它与故事的衰退其实是一个道理。

故事的衰退,直接影响了现代小说的叙事性特征,不重故事,弱化故事,把视线从外部世界转向内心,转向意识与情绪。

当然,摄影、电影等的产生,也使小说写故事和表现外部世界的功能相形见绌,不得不向内转,从外面的宇宙转向内心的宇宙。而由弗洛伊德等人创立的精神分析学的出现,也为这样的转向增添了理论性与可操作性。

另外,故事的不完整、碎片化,也暗喻着世界本身的不再完整,意味着生命的异化与破碎。故事的弱化,也吻合生存的虚无与荒诞。

记得《海上钢琴师》中那个传奇的钢琴天才曾经说过一句话:"只要还有故事可以讲,你的人生就还没完。"

所以,现代派对故事的弱化与解构也不是事情的全部,像马尔克斯《百年孤独》这样的小说就让故事焕发出崭新的魅惑与魔力。事实上,进入21世纪以后,我们依然可以读到许多重视故事的小说文本,或者说,当代小说有一种返回故事的倾向,说明故事这种古老的方式自有其悠久耐人寻味的魅力。可见,作为文化基因或生命密码一样的东西,故事必将继续对人类产生影响与启迪。

3.5 小说与故事

把小说称为叙事性文体或故事性文本,应该没有人反对。但一方面,故事源远流长,比小说更古老;另一方面,小说并不是唯一的叙事艺术,戏剧与后来的电影,也是以叙事为主的。

　　叙事性并非小说独有的特征,比如散文中也可以讲故事。我们都知道,小说与散文之间的文本界限一直是比较模糊的,要确定一个文本究竟是小说还是散文其实并非易事,散文化小说恰恰是这种模糊了文本界限的产物。一般认为,小说就是故事,有没有故事,的确是判断一个文本是否为小说的基本条件或标准,可这个标准并不严格,至少不具备排他性,比如散文中也可以有故事。那么,小说里的故事和散文中的故事有没有什么区别呢? 我认为还是有的。首先,散文中的故事一般是真实的而非虚构的,而小说中的故事不仅是回忆的,还是想象的,也就是说小说中的故事是一种虚构的产物;其次,散文中的故事只是一种可有可无的辅助因素,相当于音乐中的插曲,而在小说里,故事则是主旋律,小说文本是围绕着故事来完成的;最后,散文中的故事只是手段,只是表情达意的工具,而小说里的故事则是目的和归宿。在此基础上,我们不妨进一步做出这样的判断:散文的织体是情感,小说的织体则是故事;在散文中,故事只是文本的枝叶,而在小说里,故事则是其躯干;散文是抒情文本,小说则是叙事文本;推动散文的力量是情感,而小说的马达或心脏则是故事。

小说离不开故事,但故事本身并不是小说。

所以,故事的精彩与否与小说的好坏并不一定成正比。那些伟大的经典小说并不一定有引人入胜、惊心动魄的故事,比如《安娜·卡列尼娜》和《包法利夫人》的故事主干均为常见的婚外恋,这样的故事虽有恒常的人性魅力,但故事本身并不新颖独创;反之,有些通俗小说的故事则扣人心弦让人欲罢不能,比如推理破案的小说,比如惊险寻宝类小说,其故事往往精彩纷呈。

也就是说,小说的伟大并不完全取决于故事,因为小说虽然离不开故事,但它终究是叙述的产物,是语言的艺术。比如,契诃夫的小说在故事性上肯定没有欧·亨利的小说精彩,但从语言与叙述的角度,契诃夫的小说则更艺术、更精妙。

3.6　迷人的故事

"一天早晨,格里高尔·萨姆沙从不安的睡梦中醒来,发现自己躺在床上变成了一只巨大的甲虫。"格里高尔·萨姆沙从此就像堕入了恐怖的梦魇,他的存在变得如此荒诞、如此异化。他的意识仍然是属于人的,但他的感觉却是甲虫的,他接下来的生活和命运会如何? 结果又会怎样?《变形记》不是一个童话,不是一个简单的寓言,而是一部伟大的中篇小说,卡夫卡为我们讲述了一个文学史上空前绝后的故事,其想象之诡异与荒诞的程度,堪称石破天惊。

余华的《十八岁出门远行》是当代先锋文学的发轫之作,也是余华在文坛崛起的标志,这篇小说所讲的故事显然与卡夫卡的《变形记》一脉相承。一个年轻人觉得自己长大成人了,他想去看看外面的世界,他想做一次独立自由的远行,结果却发现外面的世界是如此荒诞,如此不可思议。黄昏时分,找不到旅馆的他搭上了一辆运苹果的货车。不久之后,货车抛锚了,附近的村民不仅抢走了车上的苹果,还开始拆卸货车的轮胎、座椅和挡板,他们把能拆的东西几乎都拆走了。更加不可思议的是,货车司机不仅没有阻拦,反倒帮村民拆卸,年轻的主人公因为上前阻止而遭到了殴打……在当时的创作氛围与语境中,这个故事就像一只闯入当代文学的怪兽,让人意识到了一种完全异质的崭新的叙事可能。

一个民国时期的女大学生,由于家庭变故,母亲去世,父亲破产,后妈不允许她继续读书,让她在嫁人与打工之间做出选择,她赌气似的,毫不犹豫地选择了嫁人,嫁给了当地大财主陈老爷做四姨太。故事的开头,女主人公颂莲被一顶轿子抬进陈家大院侧门,她站在秋凉如水的院子里,看见佣人在水井边洗衣服,看见墙边的紫藤花开得正盛。故事的后来,颂莲看到三姨太跳进这口水井,而她自己则精神失常,变成了一个疯子,口中念念有词:"我不要跳井,我不要跳井。"她在黑暗的陈家大院到底遭遇了什么样的生活?在妻妾成群的人物关系里又会上演什么样的人性大戏?苏童的中篇小说《妻妾成群》给我们讲述了一个虚构的充满想象力的故事,一个扣人心弦极具震撼力的故事。

有个贵族男孩,用餐时不想吃蜗牛,严厉的父亲一定要让他吃下去,他一气之下离开餐桌,走到院子里,攀爬上那棵高大的圣栎树。父亲并不着急,知道他熬不到天黑就会乖乖地下来。但他没有下来。第二天他还是没下来,一周后他也没有下来,一个月过去了,他仍然没有下来。实际上,他一辈子都没从树上下来。他从这棵树到那棵树,又从这片树林到那片树林,他从此过上了树巅上的生活,他的身影从此离开大地只在亚平宁半岛的森林之间闪耀。他与邻居家的小女孩及自己的弟弟保持着天空与大地之间的联系,解决了一些吃用方面的问题,他还与森林里的强盗发生了诸多关系……卡尔维诺把他喜欢的童话转变为小说世界的奇观,既有童话的奇幻性,又有小说的现实感,他发明的是一种既无比轻盈又绝对质感的现代叙事。这样一个匪夷所思的故事到底应该如何走向结尾呢?人终有老死的一天,那个在树巅度过一生的男孩岂不得重新掉落尘世和地面?卡尔维诺无与伦比的想象力当然不会让这样的事情发生:几十年过去了,男孩已经变成一个老人,在树枝间的行动日渐不便,距离生命的终点越来越近。19世纪末,人类已经发明了热气球,有一天,亚平宁半岛上空掠过一只热气球,从此,人们就再也没有在森林里看见那个永远在树上的男孩的身影! 这就是我们在伟大的小说《树上的男爵》里读到的故事。

电影《角斗士》的故事惊心动魄荡气回肠,好莱坞特别擅长创作这样的故事。电影开头,一个眼看就要成为罗马皇帝的将军,却被杀父篡位的王子阴谋陷害,转瞬之间成了一个奴隶,一个角斗士。一个人如何面对如此陡转的命运,又如何为被残忍杀害的妻子和孩子报仇? 我相信,如此充满悬念与张力的故事,足以吸引一个故事迷往下看。

通过读小说或看电影,我们每个人都遇到过无数的故事,各种各样的故事,数不清的故事,讲不完的故事。这里再用一句话讲几个故事的梗概:一个叫马孔多的小镇最终在一阵飓风中彻底消失,这是《百年孤独》的故事;一个老人怎样钓到一条巨大的鱼,而这条大马林鱼最后又被鲨鱼吃掉了,这是《老人与海》的故事;一个叫爱玛的女孩嫁给了平庸的医生查理,后来发生了婚外情,最后服砒霜自杀,这是《包法利夫人》的悲剧故事;一个五十多岁的男人爱上了一个十二岁的小女孩,这是《洛丽塔》的畸恋故事;一个人离家多年后又回到故乡,却被开旅馆的母亲与妹妹谋杀了,这是加缪的一个剧本中的故事;一个贵族男人爱上了一个风尘女子,这是《茶花女》的故事;王子复仇的悲剧故事,如《哈姆雷特》;陷害—复仇类型的精彩故事,如《基度山伯爵》;无数爱情的故事,如《不眠的西雅图》;侦探故事,如《福尔摩斯探案集》;历险寻宝的故事,如《金银岛》;扣人心弦的越狱故事,如《肖申克的救赎》;等等。

据说世界上最短的小说或故事真的只有一句话,我记得是一个南美作家写的:

"他醒来的时候,那恐龙还在那里。"

3.7 故事的建构机制

故事是如何建构起来的?千变万化、各种各

样的故事有没有共性？故事有没有核心？故事之树有没有种子？

答案是肯定的。

这个世界上所有的故事，均始于偶然，源于偶然，并被偶然所左右，偶然导致其发展，决定其结局。

欲知故事与偶然的关系究竟如何，偶然的种子到底如何成长为故事之树，且听下回分解。

4 偶 然

4.1 偶然与故事

偶然与必然相对。

偶然性,必然性之外的一切,意味着没有规律可循、没有逻辑,意味着不可预测、不确定性,意味着未知性,意味着非理性,还意味着突然与意外,意味着不可思议、难以把控,等等。

世界上有两类事物:一类隶属于必然,可以用科学与逻辑去认知、探究;另一类隶属于偶然,适合用文学与艺术去摸索和感悟。昆德拉曾说,小说是对非理性领域的勘探,是对偶然性的摸索。很显然,与生命有关的诸多东西均归属偶然与非理性,比如主观情绪,比如命运轨迹,因为在某种意义上,生命的降临本身就是偶然的结果。所以,摸索偶然、勘探非理性是探索生命之谜的恰切方式。

如果这个世界上只存在必然的事物，就不会有意外与故事，只有规律和程序；当偶然性介入的时候，这个世界上才有了变化与故事发生，就像一池清水，只有掉入一块偶然的石块，才会产生波澜与涟漪。

我们可以从这个角度去分析这个世界上的所有故事（小说或者电影中的故事），你会发现，每一个故事都源起于偶然，复杂的故事在展开过程中还会有更多的偶然介入，作用于故事并推动故事向前发展，直到某一个偶然导致故事走向结局。

所以，我们可以说，偶然是故事的核心，是故事的种子，是故事的建构机制。没有偶然就没有故事，没有偶然就没有小说。而从字面上考量，故事倒过来就是事故，刚巧意味着意外、偶发或偶然。

4.2　偶然的案例

我们先来看一个生活中的案例。

多年以前，杭州市滨江区有个女出租车司机，她白天过钱塘江大桥（那时候江上只有一座桥）到市区开车做生意，傍晚收工回滨江区，她一般会在桥头不远处的一个加油站加好第二天要用的汽油。

　　那个冬天的傍晚，和平时一样，她把车开进加油站，没看到服务员，她就自己取下那把油枪，准备加油。这时，那个女服务员叫喊着从屋里冲出来，责怪女司机怎么能自己取下油枪。服务员可能是个刚来的小姑娘，不认识女司机，所以喊叫的声音就难免大了些，难听了些，女司机挺生气，拔下油枪挂回去说："那我不加了！"可小姑娘说："你已经把油枪插在加油口了，你都加进去油了。"女司机一边说"我没加"，一边走回车内。小姑娘把着车门不让女司机走，仍说女司机已经加进油了。其实，如果理性一点，如果两个人之中有一个心平气和一点，去看看油表就可以搞清楚到底有没有加进去油。可那个瞬间，两个人都挺冲动，都不够理性，一个说没加，另一个坚持说加了。也许是那天情绪不太好，或者遇到过难缠的乘客，那一刹那，女司机脑子一热，竟猛踩了一脚油门，出租车飞驰而去，把那个把着车门的小姑娘横着带了出去，摔倒在不远的马路上，撞上了一辆迎面而来的大货车，被车轮辗压了过去……女司机吓傻了，她掉头开回钱塘江大桥，开上向西的公路，一路狂奔。一直开到第二天天亮，其间还加了油，她发现自己已经来到了一个完全陌生的小镇，这是湖南的某个地方，她从来没有来过这个地方。后来她就隐姓埋名,在那里生活了多年,并嫁给了当地的一个农民,生了两个孩子。十八年后,她才回到杭州投案自首。

我是在《钱江晚报》上读到这个真实而惊异的故事的。这个悲剧故事,其实就源于那个傍晚那一时刻的一阵偶然的情绪冲动!

再来看几个小说或电影里的案例。

海明威的《老人与海》,看上去是一篇情节简单的中篇小说,但实际上它是一篇叙述的史诗,是现代文学的一篇杰作,就像大海一样澄澈、悠远和广阔。从中,我们看不到传统意义上的故事,人物也只有一两个,弄得桑提亚哥老人只能和海鸟说话,甚至只能自言自语,我们既看不到任何戏剧性的因素,似乎也没发现什么偶然性。可是请想一想,如果桑提亚哥老人最终钓到的不是一条如此大、如此壮观的马林鱼(一般的渔民可能一辈子也看不到这样一条不可思议的鱼,更别说是钓到了),而是一条半大不小的、随处可见的鱼,那么这篇伟大的小说如何能够走向辉煌?到底是谁让老人钓到这条仿佛从《圣经》里游出来的大马林鱼的呢?难道不是超验意义上的上帝?难道不是冥冥中像大海一样深不可测的偶然性?人类的某些行为和领域,总是被偶然性左右,比如赌博,马拉美说:"连上帝都不知道色子扔出去是几点。"再比如这里的钓鱼,你永远不知道什么时候鱼会上钩,你也不知道咬钩的究竟是一条什么样的鱼。《老人与海》的叙事,无疑取决于这次偶然,《老人与海》的伟大,取决于这条鱼的巨大!

我们再来看一看陀思妥耶夫斯基的《罪与罚》。论者一般都去分析和阐释陀思妥耶夫斯基在这部长篇小说里对人性的探索、对心理的刻画或其复调叙事方式。其实,陀思妥耶夫斯基是个戏剧大师,在叙事过程中,他非常擅长对偶然的顿悟的巧妙运用,使这个杀人与忏悔的骇人故事情节在情理之中又势在必行。年轻的大学生拉斯柯尔尼科夫出身底层,生活窘迫,连房租都交不起,在典当手表时,发现那个老太太非常有钱,于是就产生了谋财害命的想法。一开始,这差不多只是一个臆想,一个白日梦一样的念想。试想一下,一个品行正常且没有前科的大学生,要把杀人臆想变成现实的犯罪,谈何容易!陀思妥耶夫斯基叙述了拉斯柯尔尼科夫内心的挣扎,叙述了非常状态下人的心理深渊般的黑暗与复杂。但如何让堕入杀人臆想的拉斯柯尔尼科夫真的举起斧头呢?陀思妥耶夫斯基运用了两个偶然的细节。第一次是拉斯柯尔尼科夫有一次从老太太家回出租屋的途中,到一个小酒馆去借酒消愁,刚好听到邻座两个年轻的军人在边喝酒边谈论那个老太太,说她多有钱、多贪婪,说她这样的人活着没有任何价值,应该对她劫富济贫。这场偶然听到的谈话,使拉斯柯尔尼科夫打消了一直以来的犹豫与挣扎,解除了心理的负担与障碍,杀人犯罪俨然已经嬗变为正义行动。第二次是不久之后,拉斯柯尔尼科夫从老太太那边探察回来,路过一条小弄堂,那里是一个卖旧货的跳蚤市场,傍晚时分,市场已散,只剩一对中年夫妻一边收摊一边在说,老太太那个智障的妹妹明天下午也要来摆摊卖旧衣服,这个偶然听到的消息,扫除了犯罪的客观障碍,为拉斯柯尔尼科夫杀老太太提供了最佳时机……当然,作为熟谙莎士比亚悲剧的叙事天才,陀思妥耶夫斯基在叙述那场谋杀的时候仍然超出读者的想象与意料,整个谋杀过程被叙述得那么紧张与惊悚。而且,在拉斯柯尔尼科夫终于举起斧头杀了老太太之后,却听到里屋有声音,进去一看,发现她那个智障的妹妹不知什么原因竟没有去摆摊卖衣服,这真是偶然中还有偶然,没有办法,拉斯柯尔尼科夫只得冲进去,再一次举起斧头!

福楼拜的《包法利夫人》中,爱玛老爹的腿的偶然骨折,无疑埋下了整个婚姻悲剧的种子。

　　村上春树的《东京奇谭集》中的几个故事，都是揭橥偶然性与生存的关系的。比如《偶然的旅人》，主人公去酒吧听爵士乐，现场聆听弗兰纳根演奏钢琴，自然难得，可那天他弹得一般。快结束时，主人公想，他要是能弹奏《巴巴多斯》和《灾星下出生的恋人们》该有多好，果不其然，他接下来弹的是这两首。

　　获奥斯卡奖的影片《撞车》中的故事，源于电影开头的那个偶然的撞车事件，由于这次车祸，那些原本一辈子都不会有交集的人的命运一下子就纠缠在了一起。

　　同样，伊朗电影《小鞋子》，这部小故事大感动的电影，它的故事源于影片开头时，男孩不小心把妹妹在鞋铺里修的鞋子搞丢了，这次小小的偶然事件从此改变了兄妹俩的生活。

　　余华《十八岁出门远行》的荒诞叙事，其实源于那辆汽车的偶然抛锚。

　　苏童有部短篇小说《木壳收音机》，这个故事探索的就是偶然与生死之间的关系：一个老中医，出诊回家，发现房顶上有两个家伙在忙活。他们说是来维修屋顶的，可老中医说自己没有报修过屋顶。两个人说出来的房号，与老中医的房号只差一个十位数。正是这个偶然的差错，让他们此刻出现在房顶。老中医让他们赶紧下来,可他们却说要吃完中饭再说,并辩解他们有权待在屋顶。老中医没办法,就走进自己家。老中医家里有个木壳收音机,他中午有收听天气预报等节目的习惯,当天那个熟悉的女天气预报员却偶然地、极罕见地报错了天气:"最高温度二十二度,最低温度三十度。"老中医惊呆了,几乎不能相信自己的耳朵。后来,有母子俩上门求医,那孩子肾脏不好,还偷吃咸菜,老中医就吓唬他"再偷吃咸菜会死的",那熊孩子当即回了他一句:"你才要死了呢!"母子俩走了之后,老中医觉得自己胸口堵得慌,他觉得今天的所有事情都诡异、别扭而又不可理喻。他觉得自己的心跳开始加快,就给自己量血压,发现血压计的汞柱不断上升,不断上升,直至升到血压计的顶端,他就那样离开了人世。后来,两个维修工跳下屋顶,一个直接跳进屋后那条脏河里洗起了澡,另一个走进老中医屋里,看到了死去的老中医,还以为他睡着了呢……这是我读过的揭示偶然与死亡的最好的短篇小说。

格非的许多小说均可看作偶然与命运的非线性函数,比如《迷舟》,比如《褐色鸟群》,偶然性总是如玄机般左右着人物的命运轨迹。

4.3 偶然与小说

无论是现实的还是虚构的,世界都像一条平滑的河流,当且仅当出现了不可预测的暗礁的时候,才会有起伏的波涛和跌宕的激流,才会有故事的发生和发展。从某种角度上看,作家的工作就是对偶然性的顿悟、想象和捕捉,小说则是偶然性的艺术。偶然性对于小说叙事具有双重意义,既有内涵方面的,又有形式方面的。

从内涵方面看,偶然性是非理性的表征,它不是象征,却胜似象征。偶然性契合着生活的变幻无常,对应着时空的神秘莫测,暗示着命运的捉摸不定。就像谁也看不见的透明的鱼游弋在无垠的大海深处,偶然性存在于人类理性的微弱之光所照射不到的广阔而又黑暗的领域。关于偶然,我们唯一能够弄明白的大概是:它压根不以人的意志和理性为转移,我们既不知道它始于何时,又不知道它终于何处。一个无法预测的小小的偶然,往往能轻而易举地改变一个人的一生(偶然是命运的本质),一个再偶然不过的事件,足以决定一场战争的胜败或影响一段历史的走向。偶然性除了与必然性和逻辑性相反,与机械、单调和重复格格不入,它还意味着不确定性和不可知性,意味着逸出现实与常规的一切可能性。昆德拉认为,小说的目的就是揭示生活的多种可能性。因此,偶然就自然而然地成了小说叙述的对象和题材。事实也的确如此,我们读到的任何一篇小说几乎都与偶然性有关,无不蕴藏着偶然性要素。

从形式上看,偶然性可以轻而易举地、神不知鬼不觉地在本无联系的人物和事态之间建立这样或那样的联系,也可以使本无结构的、涣散的生活产生并形成所需的结构。而偶然性所特有的令人惊讶的意外效果,对悬念、包袱的设置和结局、高潮的安排特别有用,所以,偶然性被如此频繁地运用于各种小说和戏剧作品之中。它似乎天然地隶属于叙事性写作,几乎成为最常见的叙述机制和最有效的结构工具。在具体的操作过程中,偶然性往往诱导、影响并促成作家对一篇小说的构思和谋篇,是作家在写一篇小说时的出发点和契机,它也决定着一篇小说的情节之曲折起伏和节奏之跌宕顿挫。偶然性能够推动作品的起承转合,偶然性也可以左右叙述的方向和速度,强化之则构成悬念和戏剧冲突,铺展之则直接演变为故事结构本身。

偶然性同时也意味着科学和理性的限度和边界。维特根斯坦在《逻辑哲学论》一书的最后说出了那句关键的话:"一个人对于不能言谈的事情就应当沉默。"这句话划清了理性领域和非理性领域的界限,同时还指出理性对非理性的诠释和干涉只能是一厢情愿的虚幻,用必然捕捉偶然只能是徒劳的越位。我们由此也可以得出这样一个结论:迄今为止,人类探索和接近非理性领域最有效也是最恰当的方式和手段只能是真正的文学艺术而非科学和逻辑,只能是对偶然性的体验和把握。反过来说也一样,文学艺术之所以长盛不衰恰恰是因为偶然性的存在。正是偶然性给文学艺术的发展提供了广阔的空间,偶然性是文学艺术生长的土壤和养分,偶然性也是文学艺术的魅力所在。就像前面所说的那样,偶然性裨益小说叙事的形式和结构,与此同时,它本身又构成了叙事的目的,以及小说尤其是现代小说的精神内涵。

现在回过头去看,诞生于 20 世纪 80 年代的"先锋小说"之所以重要,其中一个主要原因,就是作家们主动摒弃了那种依附于虚假必然性的传统写作范式,否定了以意识形态为主导、臣服于历史理性的叙事模式,并开始在西方文学思潮的启发和影响下,把目光投向由偶然性决定的浩瀚艺术领域,开始有意识地去表现人的真实生活和命运,他们的写作开始真正地趋向创造,接近艺术的本源。

当然,我们必须明白,在日常生活中,也存在各种各样的意外、奇迹和偶然性。我们常说生活往往比艺术更神奇,但文学艺术尤其是小说中的偶然性与生活中的偶然性绝对不是一回事。生活中的偶然性即使再出乎人们的意料,它依然只是现实的一部分,依然只是客观的真实,这种真实并不可靠,甚至常常只是一种假象。而小说作品里的偶然性却源自作家的头脑和心灵,是一种纯精神的艺术的真实,它来源于想象和虚构,来源于艰苦卓绝且永无止境的探索和创造。它深奥而不可知,可遇而不可求,就像神秘的灵感,就像难以预测、不可泄露的玄机,甚至就像是一种写作的恩惠或天意。说到底,它就是人们常说的那种小说的智慧。

4.4 偶然的百科全书——《罗拉快跑》叙事分析

选择一部影片而不是小说文本作为分析对象,一方面是因为小说与电影均是叙事艺术,两者在故事建构层面有诸多相通之处;另一方面,电影《罗拉快跑》特别全面地体现了故事与偶然性之间的复杂而又多样化的关系。

4.4.1　红色电话机

骤然响起的电话铃声,拉开了《罗拉快跑》叙事的帷幕。与此同时,银幕的中间显现出一部鲜红的老式拨号电话机。

让电话及其铃声作为影片叙事的开端其实绝非偶然。乍一看,电话既日常又普通,好像只是跨空间交流与沟通的工具,可实际上,电话这种貌不惊人的生活用品,恰恰暗藏着偶然性的玄机。当电话铃声骤然响起的时候,当我们拿起听筒的时候,我们其实根本无法获知电话那头是一个什么样的电话机,拨号的究竟是谁(老式电话没有来电显示)。实际上,与你的电话相连的电话,可能是这个世界上的任何一部电话——不包括不能打外线的分机和临时出故障的电话,可能性有无限之多。这个电话既有可能是只有一墙之隔的熟稔的邻居打来的,也有可能是置身于地球另一端的完全陌生的人打来的,如果天堂或地狱里也有电话,那么,这个电话甚至可能是上帝或魔鬼打来的(还记得影片《死亡诗社》里那个"上帝打来的电话"的玩笑吗)。与被动接听的电话相比,主动打出去的电话也差不了多少,你有可能拨错号码,这种情况时有发生,因此接听的可能是一个陌生人;即使没拨错号,你打给上帝的电话,接听的却可能是魔鬼。每一次电话铃声响起,我们的心跳都会莫名加快,呼吸不再那么均匀,因为我们无法得知这个电话是谁打来的,我们更不知晓这通电话将告知你什么消息。你手里虽然握着现实的电话听筒,可紊乱幽暗的电话网络却通向未知性、悬念及不可思议的可能性,换句话说,就是通向神秘和偶然。所以,不仅那么多悬疑片和恐怖片都是围绕着电话机及其铃声来构架的,连基耶洛夫斯基的电影《红》这样的艺术电影,也是用电话铃声,以及繁杂的电话线网络的无限延伸画面来开启整个影像叙事的。我记得在现代派小说中,博尔赫斯的小说《交叉小径的花园》也是从一个偶然的电话开始"准侦探叙事"的。

毫无疑问,电话机和铃声几乎是偶然的象征,是文学艺术领域里屡试不爽的叙事道具,是灵敏的叙事开关,是有效的艺术契机。

我们看到,当罗拉听到铃声并拿起电话机听筒时,当她与曼尼开始急切地交谈时,我们知道,偶然性已经介入了他们的生活与爱情,并瞬间让罗拉的命运险入绝境。

4.4.2 偶然的百科全书

许多电影,都集中表现并思考了偶然性。比

如基耶洛夫斯基的早期作品《机遇之歌》,就是运用偶然性叙事方式,揭橥了生命的困境与命运的无常。影片主角 Witek 是某医科大学的学生,父亲死后,他需要重新选择自己的生活,摆脱父亲的影响。他退了学,准备前往巴黎,而赶火车只剩"五秒钟",这"五秒钟"成为整部影片的转捩点:他若赶上了,会经历怎样的人生;他若赶不上,人生又将如何。基氏选用三个迥然的结局叙述了生命的多种可能性,并表达了这样的观点:命运的本质其实是偶然性——Witek 赶上了火车,在车上他遇到了一名共产党员,最后被拉入伙儿;Witek 没赶上火车,被车站的警察逮捕,强制劳动 30 天,认识了一个政治犯,后来从事运送违禁图书的工作;Witek 没赶上火车,但在车站碰到了他的一名女同学,后来他回到了学校,他们结婚,两人乘飞机外出,却再度被偶然击中——机毁人亡。在基氏后来的影像作品中,偶然一直如影随形,像一个隐身的"内在主角",决定着故事的走向与人物的命运结局。

好莱坞电影《滑动门》的叙事几乎与《机遇之歌》如出一辙:女主人公的人生故事,完全取决于能否乘上地铁这一偶然因素。而像《木兰花》这样的电影,为观众展现了生活中的偶然,是机缘巧合,决定着纷纭的世界,改变着人物的命运。

相比之下,《罗拉快跑》对偶然性的探索与表现则是空前的,无论是集中度还是频密度,都超越了以往的影像作品,它几乎是偶然性的集大成者,是偶然性的纪念碑,是偶然性的百科全书。

4.4.3　三类偶然

从叙事学的角度,偶然可以分为三类。

第一类偶然让故事发生,我们可以把它叫作发生型偶然。

故事除了是过往之事,也有事故和变故的意思。

如果只有必然性,一切都按部就班地有规律地进行着,这个世界上就不会有故事。比如一个人,早上必然起来,必然刷牙,必然吃早餐,必然坐同一路公交车去上班,必然在办公室喝茶、看报、上网,然后是必然吃中饭……这样子的话,生活就像一部被必然性控制的机器,只有流程与重复,没有变化与故事。生活就会平静如水。

当且仅当某块偶然性的石头掉进了必然性的水面,水潭才会有波动与浪花,才会有故事性涟漪图案的呈现。比如某一天坐公交车的时候,你意外地遇到了一个小偷,或倏地看到了身前的女孩漂亮的碎花连衣裙下有一只"咸猪手",乘车的必然性流程瞬间中断,偶然性变故即刻降临,你那天的生活就与任何一天都不同,你可能已经进入某个故事之中。

发生型偶然的叙事功能,说白了就是"起承转合"中的"起"。

《罗拉快跑》的结构虽然像一个电子游戏,故事也极为简单,却由充足的发生型偶然层层促动、推波助澜:其一,罗拉骑电动车与曼尼会合,半路上进小店买烟时,电动车却被小偷顺手牵羊骑走了。这个偶然性的细节就像发动机,就像"第一推动",引发了后面连锁反应般的一系列偶然事件。其二,罗拉只能改坐出租车,慌忙中,报的街名可能不够清楚,出租车司机竟然把她带到了一条读音相近却南辕北辙的街道,从而完全错过了与曼尼的会合。这个细节的偶然性在于,坐出租车本来是最靠谱的方式,也是最不会发生意外的方式,却偏偏让罗拉遇上了这样的差错。其三,没有罗拉的陪同,曼尼似乎注定要出事,但导演为了让事情的发生更有可信度、更有真实感,继续想象和设计了其他偶然性因素。曼尼的毒品交易过程倒是非常顺利,可由于地点偏僻,他既无法打电话,又打不到出租车,只能走到地铁车站坐地铁。进入车厢后,上来一个胡子拉碴、邋里邋遢的流浪汉,站在身边的流浪汉或多或少让曼尼有些心理上的扰动。而就在这时,两个乘警的突然出现,让紧张且心虚的曼尼本能地离开了车厢,稀里糊涂地下了地铁。等他想起那装着十万马克的塑料袋还放在车厢座位上,并急忙转身准备重新回到已经移动的车厢时,两个乘警为了安全,架住了他,怎么也不让他回到车厢……等他赶到下一站,那个塑料袋早已不翼而飞——被流浪汉捡走了。如果没有流浪汉和乘警加在一起的偶然性干扰,如果曼尼顺利返回地铁,那十万马克也不会丢失。

就这样,偶然丢失了十万马克的曼尼,把他与罗拉都推进了急转直下的命运旋涡,从而为罗拉的奔跑拉开了序幕。

电影中的罗拉奔跑了三次,起点(家)、路径(经过的街道,以及相遇的路人)、目的(获取十万马克)和终点(螺旋酒吧的十字路口)其实都一模一样,但结局却迥然不同,并且生死异位,每一次死的人都不同,十万马克的下落也大相径庭。当然这也是由于偶然因素的存在与影响。故事引出"起"之后,接下来就是"承转合",不妨把导致或制约故事发展转折并走向结局的偶然性合在一起,叫作制约型偶然,这就是第二类偶然。

电影《罗拉快跑》中的制约型偶然列举如下：

其一，恶邻居和他的狗。罗拉三次下楼，都会偶遇楼梯上的恶邻居和他的狗，而且每次遇到的情况都有些偶然性差异，有一次罗拉被吓得回头张望，有一次被恶邻居伸出的脚绊了一跤滚下楼梯，还有一次反转过来，罗拉大声呵斥并跳跃而过。三次不同的偶然相遇，导致罗拉的奔跑有三种不同的开端，并与三种不同的故事结局遥相呼应。因为，开始就是结局，"比赛之前就是比赛之后"（S.贺伯格，片头的题铭）。

其二，手枪走火。第一次奔跑，罗拉没有在父亲那里取得十万马克，却意外地知道了自己的身世秘密。为了获得十万马克，曼尼只能铤而走险抢劫超市。超市保安被罗拉击倒之后，曼尼和罗拉各拥有一把手枪，曼尼让罗拉拿着保安的手枪控制住保安，罗拉慌乱中打开枪栓并不慎走火，因为罗拉从未使用过手枪，这次走火其实偏向于必然，且没有促使故事情节发生转折。偶然的是后面的那次手枪走火，从超市逃出的罗拉和曼尼被警察围住，当曼尼把钱袋扔向空中的时候，那个看向天空的窄脸细眼的警察居然手枪走火，而且击中了罗拉的胸口，导致了第一次奔跑的结局：从超市抢得十万马克，两个人两把枪，罗拉死亡。这次手枪走火的偶然性体现在:第一,警察手枪走火实属罕见;第二,走火的手枪不偏不倚地恰好击中目标并使其丧命。也许,让那个警察瞄准射击,未必就能有这么精准呢!

其三,救护车与车祸。第二次奔跑的结局被一场意外的车祸所决定。罗拉从银行抢得十万马克,正当他来到螺旋酒吧十字路口时,穿过街道跑向罗拉的曼尼却被那辆红色救护车撞飞并死亡。从惯常的必然的角度看,救护车本来是抢救生命的工具,由于偶然性的作用,这辆救护车却不幸地成了杀人的工具。这次奔跑的结局就成了:从银行抢得十万马克,两个人两把枪,曼尼死亡。

其四,赌博与巧遇。第三次奔跑的故事结局是两个偶然共同导致的。先是罗拉在万般无奈与茫然困惑的情况下,走进赌场,用一百马克的筹码,通过连续两次押在俄罗斯轮盘赌的二十点,竟然奇迹般赢得十万马克。这个世界上,难道还有比赌场蕴藏的偶然更多的地方吗?接着,我们看到曼尼同样遇到了一个不可思议的偶然:他居然在电话亭边看见了那个骑着单车的流浪汉,并在追逐了半天后终于拿回了那十万马克。这两个人相遇的概率差不多等同于大海捞针。这次奔跑的结局似乎皆大欢喜:两个人各有十万马克,一把手枪,两个人都活着。当然,死亡还是发生了,我们看到曼尼在追赶流浪汉时造成的车祸,导致了众多生命的逝去,包括罗拉父亲与他的朋友梅耶,那个偷罗拉电动车的男子(以偷开始,以死结束;又一次的开始就是结局),还有其他路人。看起来,死亡总是难免的,尤其是在充满偶然的故事里。

第三类偶然,它的作用主要不在于结构与形式,而在于内容与蕴意,所以,不妨把它命名为内涵型偶然。它的存在,彰显了世界的神秘莫测、生活的变幻无常和命运的难以捉摸。

比如,那个偷骑罗拉电动车的男子,他最后巧合般死于车祸,冥冥中似乎真的有报应;比如,第二次奔跑时,在一个街道转角,罗拉竟然与那个流浪汉擦肩而过,让我们不禁感叹,世界很大,世界也很小;再比如,罗拉在三次奔跑时与同样的路人相遇,但每次都有偶然的细微的差异,这就导致了这些路人的人生与命运判然不同(蝴蝶效应),让我们觉得所谓命运,压根不以人的意志为转移,不是主观努力的结果,而只是偶然的玩物。第三次奔跑还暗含着另一个比较隐秘的内涵型偶然:当曼尼追上流浪汉,拿回十万马克时,那个流浪汉却提出一个要求,让曼尼至少把手枪送给他,单纯的曼尼居然答应了这个要求。接着影片就为我们呈现了一个特写镜头,即流浪汉拿着手枪,一脸诡异的表情。我们难以想象,从此,在这个世界上会增加多少风险与偶然性。

当然,在某种程度上,这一类偶然性与故事的进程和结局也并不是完全无关。比如罗拉与路人的不同相遇,会干扰和影响罗拉的奔跑过程及最后的结果,就像连锁反应,也像数学上的微积分。最典型的是罗拉与父亲的朋友梅耶的相遇,对故事发展具有明显的制约作用。前两次奔跑,罗拉都跑过或跳过梅耶从弄口开出的汽车,结果只是造成其与另一辆车(就是曼尼的黑社会老大朗尼开的车——导演制造的又一个巧合与偶然)轻微的撞车事故(一次车头相撞,一次车尾相撞)。但第三次奔跑时,由于奔跑过程中偶然性影响的累积,使得罗拉趴在了梅耶的汽车上,梅耶躲过了与那辆车的轻微相撞(那一刻,可以隐约听到另外那辆车顺利通过时发出的一种不祥的令人恐慌的声音),却没有逃过后面十字路口那次更强烈、更致命的车祸。这场车祸直接导致了梅耶和罗拉父亲的死亡结局。

也就是说,这类偶然具有双重意义,既有内涵方面的,又有形式方面的。就像艺术作品的形式与内容本不可分解一样,偶然的分类阐释其实只

是为了方便,是一种权宜之策。

而从本质上看,偶然对这个世界的作用与影响也是双重的:一方面,偶然让命运无法自控与把握,生命过程常常显得被动无奈甚至悲伤,比如罗拉被走火的子弹击中,曼尼被救护车撞死;可另一方面,正是由于偶然的存在,这个世界才会有变化与新意,才会有希望甚至奇迹,比如罗拉的一百马克瞬间变成十万马克,生活才不至于沦为重复的程序,生命的存在才不至于那么令人厌倦。

当然,在终极的角度或者在上帝面前,所有的偶然也许都并不偶然,或者说,偶然其实就是必然,比如宇宙必然会爆炸,也必然会寂灭。所以,人类区分偶然与必然,并借助这样的概念展开的所有思考都是权宜之计,这差不多是并非多余的题外话。

5 巧 合

5.1 巧合与偶然

中国有一句很有名的俗语叫"无巧不成书"，这里的巧，就是巧合。这句俗语相对中性，若细究，则其偏于贬义，至少没有什么褒义。

在生活中，巧合与我们上一讲的偶然就像一对同义词，几乎可以混用。但在小说叙事领域，巧合与偶然是两个构造与性质均不同的概念，必须把它们区别开来。

戴维·洛奇在《小说的艺术》一书中曾专门探讨和分析了小说中的巧合问题："在小说创作中，一方面要考虑小说的结构、体裁及其封闭性；另一方面又要模仿人生的随意性、开放性，以及细枝末节。这两个方面总是交替出现。巧合在现实生活中以其对称性令人惊讶，在小说创作中很显然是作为一种结构手段来使用的。然而，过于依赖巧

合会破坏叙述的真实性。"因为巧合的过分对称及其所导致的封闭性结构，与生活的随意与开放是冲突和矛盾的。文中他还引用了大卫·西塞尔勋爵对夏洛蒂·勃朗特小说中巧合的运用方式所做的有趣评价："把巧合的长臂伸展到了脱臼错位的地步。"并指出："这种说法适合于大多数维多利亚时代的名作家。"戴维·洛奇的分析无疑是剀切、中肯且颇具慧眼的，遗憾的是他并没有把这种分析继续深入下去，并没有探讨巧合与偶然的本质区别。我认为，只有抓住巧合与偶然的区别，才能真正触及问题的实质，否则就只能在问题的表面摸索；只有抓住巧合与偶然的区别，才能真正把握小说创作的艺术机制和内在规律，否则就只能在现象表面或外围跋涉。也就是说，只有对小说中的巧合与偶然做出甄别之后，我们才能真区分作品的雅俗，才能有效地衡量作品的艺术品位和档次。

简而言之，巧合就是一种令人惊讶的对称性。这种对称性很像数学上的对偶关系，也貌似逻辑上的因果规则，可以轻而易举地、神不知鬼不觉地在本无联系的人物和事态之间建立这样或那样的联系，也可以使本无结构的涣散的生活产生并形成所需的结构。而巧合所特有的令人惊讶的意外效果,对悬念、包袱的设置和结局、高潮的安排特别有用。所以,巧合被如此频繁地运用于各种小说和戏剧作品之中,它似乎天然地隶属于叙事性写作,几乎成了作家手中最顺手的叙述要素和最通用的结构工具。诸如因果报应、邪不压正和英雄救美等主题设计,以及皆大欢喜的大团圆结局的制造,无不需要依靠巧合的运用。巧合就像叙事的"万能胶"或"灵丹妙药","无巧不成书"成了以不变应万变的小说写作范式。

巧合所遵循的是一种外在的因果关系和逻辑规律,它在本质上属于理性范畴,是故意安排和精心设计的结果。"巧"是熟能生巧或弄巧成拙的"巧","合"是弥合与安排,巧合实际上就是"合巧"。而偶然是生活中的非理性因素的真实反映或渗透形式,它更多与感悟而不是与编造有关,它靠发现而不是靠设计得来,它在根本上挣脱了概率规律的束缚,实际上相当于因缘际会。

巧合因为是故意安排的,它的对称性总显得外在和过度,前后之间的那种呼应明显带有人为的控制痕迹。它的结构一般是可预知或可推测的,它给人的惊讶的感觉便只是一种时差一样的假象,事后看来,它几乎就是一种颇具欺骗性的预谋。而偶然是对生活和命运的洞察与感悟,它不

需要有什么对称性,也不存在那种明显的前后呼应。它可以是错位和分歧,也可以是疏离和裂变,它的出现时机和表现形式是无法预测的,它的意外和惊讶来源于冥冥之中不可知的神秘因素。巧合就像一个二元的、线性的、可解的方程,一定存在理性的实根;而偶然则像一个多元的、非线性的、无解的方程,往往只有非理性的虚根。因此,如果从内涵、性质,以及与写作的关系角度进一步考察,我们其实不难发现,巧合与偶然是两个截然不同的概念。巧合只是一种纯粹的叙事工具和结构手段,它只作用于作品的形式和结构,本身并没有什么意义,除非作者引申或强加给它。巧合的理性特点和过度的对称,显然与生活的非理性和存在的荒谬相背离,因此"无巧不成书"的传统写作范式或作家对巧合的过分依赖,至少造成了两个堪称糟糕的结果:第一个,它使小说艺术不可避免地蜕变成一种投机取巧、僵化机械的技术和俗套,作品势必显得雷同或类似,从而失去了创造性和新意。第二个,这种巧合式的写作与艺术的宗旨和目的相抵触、相冲突,它不可能真正触及现实鲜活的底蕴,不可能把握和表现生活的多种可能性,写出来的作品往往很空洞、很虚假,不仅不能给人以启示和感动,而且常常歪曲了生活,阉割了现实。而偶然则完全不同,它本身就拥有自给自足的精神内涵与意义,是非理性的象征和表征,它契合着生活的变幻无常,对应着时空的神秘莫测,暗示着命运的捉摸不定。

显而易见的是,在传统的因果报应和轮回式的小说中,在武侠和侦探等通俗小说中,在那些主题先行的被艺术之外的功利目的所左右的小说中,总是充斥着各式各样的大大小小的巧合。与此相反,那些旨在勘探生活的非理性领域和多种可能性的现代小说,那些优秀的文学艺术作品,总是与偶然性建立了亲如兄弟的契应和联系。一个真正的作家,总能够参悟、领会和驾驭玄机一样的潜在的偶然性,从而去探索现实的内在本质和真相,揭示人的命运、历史的奥妙与真谛。从某种程度上说,对潜藏于现实生活和精神领域的偶然因素的直觉、领悟和把握,正是艺术灵感的真正含义,而怎样通过想象和虚构创造性地表现这种偶然并把这种偶然融合于具体的叙述之中,构成了真正的小说的智慧。

偶然的案例我们上一讲已经列举过很多,这里举几个巧合的案例:

比如,在电影《罗拉快跑》中,开头偷罗拉电动车的小偷,在电影结尾即第三次奔跑中却遭报应

一样地被撞死在那场由曼尼制造的车祸之中;而曼尼在第三次奔跑时再度遇到了那个流浪汉,并把十万马克重新夺回,虽然有盲人转头做了些神秘的非理性化的处理,但细究,这仍是巧合。

好莱坞电影《木兰花》旨在探索偶然与命运的关系,但片头的两个小故事,由于概率之小,它们都是巧合而非偶然:一个是跳楼自杀者被其母亲的子弹打死,另一个是前晚在酒吧吵过架的两个人(潜水爱好者与消防员),第二天,那个在湖里潜水的爱好者因为湖边森林起火,被消防员用来救火的飞机舀起来扔在了树顶,由于前后呼应。

小说方面,这样的例子到处都是,最典型的当然是欧·亨利的小说,我把它放到后面展开分析。

综上所述,我们可以梳理一下构造与性质,对巧合与偶然两个概念做一个严格界定与区分:只要是巧合,必然符合两个条件,一是前后呼应的模式(对称性之来源),二是概率一定很小(巧合的巧即意味着概率很小);而偶然则不需要前后呼应,偶然的概率也不可估算,你说它大它就大,你说它小它就小(老人钓到大鱼的概率就无法估算,色子是几点上帝也不知道)。如下图所示:

巧合 $\begin{cases} (1) \text{前后呼应的模式} \\ (2) \text{概率一定很小} \end{cases}$

$$偶然\begin{cases}(1)没有前后呼应的模式\\(2)概率不可估算\end{cases}$$

5.2　加缪的《局外人》与萨特的《墙》

为了分析偶然与巧合的性质,以及由它们所构成的小说的品质差异,我们比较两个著名的小说文本,一个是加缪的《局外人》,另一个是萨特的《墙》。它们差不多同时诞生于 20 世纪中期,且在当时的影响力都很大,都是存在主义的代表作。但半个多世纪过去之后,《局外人》越来越成为 20 世纪的文学经典,而《墙》则远没有当初的影响力了。究其根本,就是因为《局外人》的叙事核心是偶然,而《墙》的故事则是由巧合构成的。

《局外人》的主人公默尔索是"二战"后理性崩塌、价值空壳的典型,他对什么都不在乎,在母亲的葬礼上也显得很不耐烦,与其说他是被动型人格,还不如说他是主动地让自己坠入存在的虚无之境,以抵抗虚假的意义与荒芜的价值。小说上半部,他因为杀人而放弃了自己的存在权,小说下半部则叙述了他对宗教的否定与对救赎的拒绝,面对死亡恰如面对存在之虚幻。而导致他杀人的根本不是任何犯罪动机,纯粹是海滩的炎热、阳光的直射造成的肉体的眩晕与生理的昏惛,是一种

偶然对命运的介入。他在炎热的海滩朝那个阿拉伯人连开了五枪，一下子消除了"我"在地球上的位置，当"我"倏忽之间跨越生死之门来到毫无希望的黑暗领域的时候，加缪的叙述却开始踏上明朗的坦途。这起暴力事件发生得如此突兀而偶然，没有任何巧合或预谋的痕迹，也找不到任何现实的逻辑动力。它违反了惯常的因果关系，脱离了客观的激发因素；它是超现实的、荒谬的，像一场梦魇，像一句谶语；它的发生似乎完全源于人非理性的无意识深处，源于欲望和本能，源于宿命般存在的荒诞性。所以，整个叙事充满了真实的力量，对存在之虚无的揭示深刻而犀利。这样的偶然，这样无喟的悲剧，这样的荒谬感，其实一直存在于任何时代、任何社会。所以，这部小说并不因为存在主义的退潮而失去意义，半个世纪后的读者依然可以在这部堪称经典的小说里读出自己的感受。

《墙》的主人公"我"是一名地下党员，被抓获后，纳粹要"我"交代同伙格里，"我"坚强不屈，纳粹当晚把"我"与另外两个死囚一起关在一间地窖里。纳粹还派了一个牧师一样的人对临死前的"我们"三个进行观察和记录。萨特把一个人面对即将来临的死亡时的心理与行为叙述得真是精彩。第二天,"我"被拉到行刑队伍,枪响后其他人倒下了,"我"却依然活着被带到审讯室审问。这个时候,已经死过一回的"我"真的很生气很愤怒,恶作剧似的大喊道:"他在墓地!"既像玩笑更像诅咒。后来,纳粹真的在公墓里抓到了格里,据另一个被抓的人讲,格里原来躲在表弟家,后来两人吵了架,格里就离开了表弟家,他本可躲到别人家,或逃到别的地方,可他却鬼使神差地躲进了公墓。《墙》想表达的当然也是存在主义的题旨:一个人再勇敢,他的信仰再坚定,也抵不过一个恶作剧或巧合,一切就烟消云散了,存在多么荒谬与虚无!但这篇小说走向结尾抵达主旨的关键,不是世界的非理性与偶然,而是充满人为色彩与刻意安排的巧合。格里躲进墓地与"我"所开的玩笑被如此对称、如此惊异地吻合在一起!随着时光流逝,这个故事过于巧合所带来的人为痕迹与不真实就渐渐削弱了它的艺术魅力与价值。

5.3 欧·亨利小说的解构

我将结合巧合概念,运用概率、信息对称等工具分析、证明并解构欧·亨利的小说。所谓三大短篇小说家,所谓欧·亨利式的结尾,均是我要解构的对象。

我的工作分两步走,第一步是证明欧·亨利的小说大多是巧合型小说,第二步是阐释巧合型小说的缺陷与不足。

我分析的小说文本为欧·亨利小说的代表作《麦琪的礼物》。

5.3.1 证明:《麦琪的礼物》是一篇巧合型小说

《麦琪的礼物》的故事情节如下:小说描写了德拉和杰姆这一对生活在社会底层的年轻夫妻的故事,他们"有两样东西特别引以为豪,一样是杰姆祖传的金表,另一样是德拉的头发"。妻子德拉为了给深爱的丈夫杰姆"买一件精致、珍奇而有价值的东西"作为圣诞礼物,忍痛割爱卖掉了自己的美丽长发,给杰姆买了一条白金表链(事实上,在外头干活的吉姆无疑更需要一件新大衣或一双手套)。到小说的结尾,杰姆回到了家,德拉却意外地发现,丈夫已经割舍了自己的金表买回了她曾经"渴望了好久的东西"。这是一件最适合佩戴在她那"小瀑布般"的褐色长发上的装饰品,即"一把纯玳瑁做的、边上镶着珠宝的美丽发梳"。整篇小说的结构完整而对称,结局出人意料,主题也一目了然。如下图所示:

德拉:卖长发　　买表链

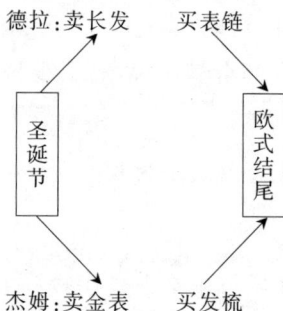

圣诞节　　　　　　欧式结尾

杰姆:卖金表　　买发梳

证明一:《麦琪的礼物》有前后呼应的模式。

在这篇小说里,两人的叙事行为一共有四个。德拉的行为一是卖长发,呼应着前面所铺垫的一头长发,行为二是买表链,呼应着前面铺垫的没有表链的金表;杰姆的行为一是卖金表,呼应着前面铺垫的有一块金表,行为二是买发梳,呼应着前面铺垫的一头长发。

可见,所有的行为均属于前后呼应的模式,前面的暗示与铺垫,与后面的包袱抖出,存在着明显的前后呼应关系,整个结构非常对称,充满设计性与安排感。

所以,它符合巧合的第一个条件:前后呼应的模式。

证明二:结尾的概率很小。

最后的欧·亨利式结尾的出现,依赖于或意味着前面四个行为的同时出现,缺一不可。四个行为只要有任何一个发生改变或存在误差,小说的结构就会崩塌,结尾也就不复存在。从概率原理我们知道,结尾的出现概率应该是前面四个行为出现的概率的乘积,即 $P_{结尾} = P_1 \times P_2 \times P_3 \times P_4$。我们只要估算出每个行为的概率,结局的概率就能够算出。

我们以行为三杰姆为了给德拉买礼物不得不卖掉心爱的金表为例来估算其概率。

如图所示:

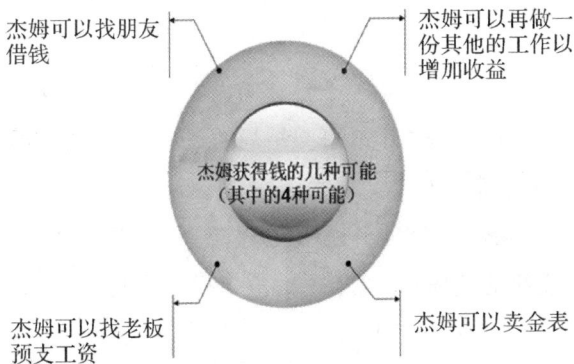

也就是说,从现实的可能性角度,从生活的真实性角度,杰姆获得钱的方式至少有四种,而小说里,杰姆(其实是欧·亨利)采用的方式是卖金表。所以,这个行为的概率至多是四分之一。

同样,其他三个行为也可以做类似的分析与估算。比如德拉卖长发(行为一)之后,走进商店给杰姆买礼物,我相信,她一定有多种选择,相对于奢侈的没有实用性的表链,给杰姆买一条围巾或手套应该是更靠谱的选择,因为杰姆在外面打工,天气又那么冷,不是这样吗?方便起见,我们假设德拉在买什么礼物这个行为上也有四种不同的选择,因此,概率也是四分之一。

为了简化与方便,四个行为的概率均取四分之一。

单独看这四个行为,它们的概率都不低,但我们来看看结局的概率:

$$P_{结尾} = P_1 \times P_2 \times P_3 \times P_4 = \frac{1}{4} \times \frac{1}{4} \times \frac{1}{4} \times \frac{1}{4} = \frac{1}{256}$$

可见,从整个故事与结局的角度看,其成立的概率非常小!

综合以上两步证明,我们就可以得出结论:《麦琪的礼物》这篇小说的故事由巧合构成,这是一篇巧合型小说!

5.3.2 巧合型小说的缺陷

巧合型小说有几个明显的缺陷。

一是不够真实自然。中国的道家之所以弃智,并不是讨厌智慧,而是提防机巧,机巧则不自然,不自然则远道也。同样,过于巧合的小说,人为的痕迹太深,往往显得不自然、不真实,读多了总觉得有些做作。

二是意蕴不够微妙。巧合型小说偏于理性的建构,它的铺垫与呼应都有显在动机,它的对称结构与结局往往通向某个较为明确单一的主题,它的思想内涵很容易梳理、总结,不像偶然型小说那样不落痕迹,那样意蕴丰富而微妙。

三是缺乏表达宽度与普遍性。因为巧合型小说故事发生的概率过低,它所反映的生活宽度就会有限,而情节过于特殊,就很难抵达人性的普遍境域,总觉得那样的故事与情节只是特殊情况,与读者的生活经验与生命体会隔着较远距离,很难让读者感同身受。

四是结构较为脆弱。越是精巧的故事,越是刻意的安排,其结构往往越脆弱。比如《麦琪的礼物》这篇小说,四个行为中只要有一个行为发生一点点误差或改变(比如德拉给杰姆买了一条围脖而不是表链),故事的结构就会垮塌,结尾就不可能出现,这篇小说也就不存在了。

五是模式化。欧·亨利的巧合型小说尤其是结尾部分,形成了模式化与趋同性的特点,那种意料之中的意料之外,读得多了其惊异的效果就会衰退和递减。文学艺术的价值在于超越任何模式的创造与陌生,所以模式化的小说必然会存在其缺陷。

六是可重读性较差。经典的小说都经得起不断重读,每读一遍都会有新的体会与感悟。巧合型小说读第一遍往往有惊艳感,结尾的意外几乎让人震惊,能带来刺激性的阅读体验,但读第二遍的话效果就会明显下降,边际效用急剧减小。那是因为,读第一遍的时候,存在一个"信息不对称"的情况。作者对自己的叙事动机与安排一清二楚,暗示与铺垫,故事的走向,全在作者的掌控之中,而读者却蒙在鼓里全不知情,所以一直跟着情节往下读,直到遇见那个欧·亨利式的惊异结尾。而读第二遍的时候则完全不同,读者已经知晓结尾,信息已然对称,读到前面的铺垫,就知道作者后面要干什么,作者的动机与安排已经一目了然,读完后的惊异感也就不复存在。

同样的道理,侦探小说和悬疑小说这一类通俗文学作品,也不可重读,读第一遍时的惊异与刺激,以及对想象力的挑战,在读第二遍的时候就没有了,读者读到前面的某个细节,就可以猜到谁是凶手。

不可重读作为一个接受美学的指标,可能是巧合型小说最大的软肋与缺点,它与经典小说的距离在这个指标上淋漓尽致地体现出来。我有时

候想,外国文学教授或研究者之所以推崇欧·亨利的小说,甚至总是把欧·亨利与契诃夫、莫泊桑放在一起,合称为"世界三大短篇小说巨匠",其中一个重要的原因就是,他们要么是不读小说文本的,要么是只读一遍的。其实,只要他们把欧·亨利的小说多读几遍,就会发现,从纯文学的角度,欧·亨利的小说没有莫泊桑的好,更没有契诃夫的好,把他们三个放在一个筐里并不合适。

当然,我们阐释与解构欧·亨利小说的巧合叙事,并不是全盘否定它的文学价值,因为如此精巧的设计,如此意外的安排,并不是一般人能够做到的,它至少体现了很强的故事建构能力与极强的想象力。我们后来在好莱坞的电影里经常可以看到类似的巧妙故事,并惊叹于它的想象力,这方面其实值得我们学习与借鉴。总体而言,重理性讲逻辑的西方文化背景下的作家与编剧,更擅长编造和建构复杂的出人意料的故事,而重感性讲直觉的东方文化背景下的我们,这一块相对偏弱。

5.4 欧·亨利与契诃夫

如果把欧·亨利看作巧合型小说家,那么,契诃夫就是偶然型作家。两者之间的差异与区别是显而易见的。

契诃夫早期曾写过一些幽默小品类的小说，我们所读的大多是这类小说，如《变色龙》《一个官员之死》等。这些小说与欧·亨利的小说有些相似的地方，为了抓住读者的眼球，趋向幽默风格，追求意外效果，甚至有巧合色彩，难怪我们总是把契诃夫与欧·亨利、莫泊桑放在一起谈论。

但成熟后的契诃夫完全不同了，他不再追求外在的幽默与趣味，不再依赖巧合，不再注重故事与结构，他有一些小说甚至没有那种常规的结局。他的小说叙述风格越来越大气，通向偶然与命运，通向人性的浩茫与悲悯，通向心灵深处的丰富、暧昧与微妙，通向生命最深处的哀痛与无奈。

除了故事结构方面的差异，契诃夫与欧·亨利的小说语言与叙述方式也有质的区别。比如，我们可以在契诃夫的小说里读到闲笔，而欧·亨利的小说基本上不涉及闲笔。

在某种程度上，正是闲笔让文学叙述变得不那么峻急，不那么"竹筒子倒豆"，不那么直奔主题。从而使叙事变得有风致有迂回，变得自由从容，变得丰饶宽厚。

所以我们总说闲笔不闲。闲笔不仅仅是插科打诨，不仅仅是叙述节奏的调节，不仅仅会让我们想起文学艺术起源于游戏，事实上，闲笔常常是更

独特、更高级的叙述,它比平铺直叙,比刻意为之,更加张弛有度,更加曲尽其妙。

契诃夫的《草原》是闲笔的典范,更准确地说,《草原》纯粹是由闲笔构成的,《草原》是闲笔的集大成者,是闲笔的百科全书,是闲笔的极致。《草原》那么行云流水,那么自然随兴,那么宽广,那么意味无穷,我相信,只有读过卓绝的《草原》,才能真正领略契诃夫的创作精髓。

闲笔的存在,其实是某种标志,显现出来的恰恰是写作状态与操作过程本身。对于那种被故事左右的小说,那种动笔之前就已想好主题与结局的小说,语言只是一种表达故事内容并推动故事走向结局的工具与零件,在这样目标明确、按部就班的叙述中,你很难看到闲笔。比如欧·亨利的小说,他的语言、他的叙述,只是为了完成那个故事,为了走向那个欧·亨利式的结尾,所以,在欧·亨利的叙述中,你几乎是看不到闲笔的。

像契诃夫这样的作家,他的叙述压根儿不是为了表现一个简单或宏大的主题,也不只是要完成什么故事。毛姆总是嫌契诃夫的小说没有什么故事性,甚至没头没尾。毛姆把这当成了缺陷,显然是看走了眼。是啊,讲故事可不是契诃夫小说的主要目的,叙述才是他的创作重心。他的叙述那么精妙，那么丰厚，又那么自然，人性中的浩茫与无奈，生活中的无趣，爱情中的锥心之痛，以及生命的庸俗本质等这些说不清的东西，恰是契诃夫想要说、想要写的。

相比之下，欧·亨利差不多只写那些说得清的东西，他的语言与叙述自然也是清楚明了的，叙事线条相对单一。只要跟着他的故事走到底，什么时候欧·亨利式的结尾出来了，你的阅读也就结束了。但阅读契诃夫的小说则完全是另外一种体验，他的叙述常常会让你驻足，让你疑惑，让你留恋，会让你遐想，里边有那么多迂回，那么多旁倚与斜出，那么多涉略与兴会，一句话，有那么多闲笔。

也就是说，有没有闲笔，可以被看作区分巧合型小说与偶然型小说的重要依据。

6 视 角

6.1 视角的概念

同样一个故事,用不同的方式方法来讲(其实也包含听者或读者以不同方式听到或读到这个故事),其效果是不一样的。

我先举一个现实中的经历作为例子。

多年以前,那时候我还没有戒烟,课间休息时我会到教师休息室去抽烟。那大概是个秋天的下午,我已经记不清讲的是小说课还是语文课,课间,我照例到休息室去抽烟。有个女生路过休息室,走进来与我闲聊,话题主要与音乐有关,因为我经常会放一些硬盘里的音乐与歌曲给学生听。女生可能问了我喜欢哪些歌手之类,我简单地回答了她。上课铃响了,我走进教室时突然发现,所有的学生都盯着我,脸上的表情介于好奇与兴奋之间,一时之间,我还真不知道发生了什么。后来我意识到,原来是我的无线话筒没有关,而这个教室与休息室仅有一墙之隔,刚才休息时我与女生的聊天,教室里的人全听到了,而且是以一种特别像电影中的"偷窥"情节的方式听到的,所以,他们才会有那样的表情。很显然,我与女生的聊天本身并没有什么令人惊奇的内容,如果当着学生的面聊这些,他们未必会感兴趣,而通过这样一种独特的角度与方式听,效果就完全不同了。

再举一个小说的例子。鲁迅先生的《孔乙己》里有一个十二岁的少年"我",故事就是以他的视角来呈现的。但这个"我"显然不是作家本人,虽然这是一个明显的回忆式的文本,第一人称特别容易让人觉得故事的主人公就是作家自己。鲁迅先生之所以设立了一个第一人称"我"从旁观者的角度叙述孔乙己的悲剧故事,而不是直接描述,是因为作家直接叙述这个故事的话,得表现出适当的、应有的同情与怜悯(作家与人物之间、与读者之间的道德距离当然越近越好),而这样的同情反而会减弱读者可能被唤起的类似情感。而让一个中立的叙述者"我"来讲,就可以更客观、更真实,同时也更"冷漠",从而使孔乙己的悲剧更突出,进而能更真切地冲击读者的内心,更强烈地引起读者阅读反应与感受。

可见,用不同方式、从不同角度讲同一个故事,效果是迥然不同的。

当然,严格地讲,叙事视角并不只是个角度。对叙事视角来说,角度只是一个方面,更准确地讲,视角应该是讲述的方式。

而按托多罗夫等人的观点,视角其实是对距离的控制,是一种聚焦的方式。通过视角的运用,可以控制读者与故事之间的距离,而这个距离,既指空间距离,又指情感距离与道德距离等,所以他们用焦距来代替视角。作家通过调节焦距,让读者与故事保持适当的距离,然后得到恰当的效果。比如第一人称距离就近些,第三人称就远些,而相对罕见的第二人称则有一种间离效果(新小说派作家布托的《变》用的就是第二人称)。

作家讲故事的方式有很多种,距离的控制也因作品而异。而且,这里讲的距离,也有多种含义,涉及作家、叙述者、人物与读者之间的各种距离。不同的叙事方式,就是对这些距离的相应调节与控制。而且,在同一篇小说中,作家可以调整这个叙述焦距,根据不同的内容,用不同的聚焦方式,形成不同的距离感。比如,鲁迅在《孔乙己》这篇小说里,就通过巧妙的语句安排与词汇引导,对不同的段落与内容,采取了不同的叙述方式,有的是现场直播式(零距离),有的则是转述式(听别人说),从而调节与读者的距离。

毫无疑问,不同的叙事视角会造成不同的叙事效果,不仅同一个作家会针对不同的故事采用不同的视角,即使在同一篇小说中,作家也会根据情况调整视角与距离。萨克雷在《亨利·艾斯蒙》里就说过:"只要转换一下视角,再伟大的行动也无足轻重;调转望远镜,巨人变成俾格米人。"

因此,无论从实践上还是理论上来说,叙事视角都是小说艺术的一个重要环节。

本讲大体按小说发展的历史,介绍一些与叙述视角有关的基本内容。

6.2　常见的视角

6.2.1　全知视角

早期的古典小说往往采用全知视角,就像《圣经》中的上帝,也有点类似电影中航拍之类的视角。在这样的视角下,作家无所不知,拥有超凡的视野与听觉,可以去写任何他想写的人与物,包括人物的隐秘心理与情感。巴尔扎克、雨果、狄更斯等经典作家的小说大多采用这样的视角。

这样的视角最大的好处是眼界开阔和自由,方便叙述大场面与多人物的故事,今天,仍然有许

多偏于现实主义的小说采用这样的视角。在这样的视角下，作家经常可以介入小说，发表议论和评断，在叙述与概述间轻易转换，可以升华事件意义，甚至直接评论作品本身。在这样的视角下，小说中的人物往往像作家手中的木偶，一切都听从作家的安排与调遣。作家像上帝一样，可以上天，可以入地，可以钻进人物的内心，可以知晓人间的所有秘密。

全知视角的缺陷是真实性或现实感不强，作者、人物、读者之间隔着较远的距离，作家过多地操纵与介入，使叙事的可信任感不够强，等等。

下面是巴尔扎克的小说《乡村医生》的开头，这是典型的全知视角叙述，有一种上帝的口吻和语调：

　　1829 年，春天的一个明媚的早晨，一位年纪五十左右的人，骑了马，沿着一条山路，朝着位于大修道院附近的一个大山镇进发。

雨果《悲惨世界》的开头也采用了类似的语调与全知视角：

1815年,迪涅的主教还是查理-弗朗
索瓦-卞福汝·米里哀先生。他年事已
高,有七十五岁左右,从1806年起,就到
迪涅城担任了这一职务。

6.2.2 限制性视角

像福楼拜这样的作家,不满意全知视角下的
不真实感,不满意那种无所不知的口吻,反对作家
的情感介入,企图摆脱主观性的操纵与控制,就像
诗歌领域反对情感宣泄与主观性,强调"诗人的特
征就是没有特征"一样。

福楼拜认为小说家应该保持中立性和公正
性,而榜样就是科学家的态度:"用物理学家在研
究物质时所表现出来的公正性来探讨人的灵魂,
我们就将前进一大步。"他强调艺术只能"用一种
不动感情的方式,即物理学的精确性"来获得。契
诃夫也发出过类似的声音:"艺术家不应该是他的
人物和他们谈话的评判者,而应该是一个无偏见
的见证人。"

他们的具体做法就是放弃全知视角,采用限
制性的客观视角,简单地讲就是作家不再是上帝,
不再无所不知,不再介入叙事,而让其中的一个人

物或旁观者来讲故事,他只能讲他听到、看到、知道的事情,视角被限制在这个讲述者的眼界与听觉中,限制在他的头脑与心灵反应之中。这种叙述追求客观性与中立性,甚至追求刻意的冷漠与非人格化,目的就是增强艺术的真实性,带来更多的现实效果与准确性。

我们熟悉的《包法利夫人》采用的就是这样的视角:

> 我们正上自习,校长进来了,后面跟着一个没有穿制服的新生和一个端着一张大书桌的校工。正在睡觉的学生惊醒了,个个起立,像是用功被打断的样子。

大多数现代小说均趋向这样的叙述视角,比如康拉德的《黑暗的心》,普鲁斯特的《追忆似水年华》,加缪的《局外人》,塞林格的《麦田里的守望者》(它的开头就是对常见的古典小说的全知语调的讽刺),等等。

6.2.3　纯客观视角

法国的新小说派作家,像罗伯特·格里耶等,不仅反对作家的介入,还认为应该取消人性化的视角,代之以纯客观的物质化的视角。他们认为世界既不是有意义的,也不是无意义的,它只是存在着而已,人类的理性与自信其实是有害的幻觉。在这个世界上,人类并没有什么优越性,人与物的地位与价值是相同的。所以,他们可以大段大段地描述桌子上的一个玻璃杯,而绝不去触碰人类的内心或心理。在他们的小说里,我们看到的不再是人类的眼睛看到的,我们听到的也不再是人类的耳朵听到的,而是像摄像机所拍摄的,像录音机所录制下来的。他们竭力让自己的叙述趋向所谓的"零度写作"。

按照罗伯特·格里耶的观点,当代小说应该与巴尔扎克式的小说传统告别,要与那种人为的主观因素告别,以达到一种更加纯粹、更加客观、更加真切的真实。他认为传统小说对客观现实的描写经常被蒙上作家的主观色彩,客观现实总是被主观扭曲。像"无情的烈日""苗条的白杨"等,这种拟人化的叙述都伤害了事物的客观与真实,从而使客观事物与读者之间存在一层人为的隔膜。所以,新小说派作家要反其道而行,他们要剔除所有人为的色彩和因素,要去表现事物自身的状态。

罗伯特·格里耶的代表作《嫉妒》就是典型的

纯客观叙述。我们通读整部小说，却没有任何情感与心理波动起伏，没有任何嫉妒的影子，那种无形的，看不见、摸不着的嫉妒，只能在环境氛围与人物动作之间去琢磨和想象。他的开头是这样的：

> 现在，柱子的阴影将露台的西南角分割成相等的两半，这个露台是一条有顶的宽廊子，从三个方向环绕着房舍，那根柱子就撑住廊顶的西南角。露台的宽度在横竖两个方向都是一样的，所以柱子的阴影正好投在房子的墙角上；不过阴影并没有向墙上延伸，因为太阳还很高，只照到了露台的地面。

获得诺贝尔文学奖的新小说派作家克劳德·西蒙，在《弗兰德公路》中对战场上一匹马的光影效果进行了匪夷所思的纯客观描述。如果说普鲁斯特的叙述创造了记忆和时间方面的极致，那么西蒙则创造了视觉与空间方面的极致：

> ……我老是看见马在我们前面呈现的黑色的外形轮廓（唐·吉诃德似的没有一点肉的形状，亮光把它的轮廓线啮

食、腐蚀了）。它们在炫目的阳光衬托下难以磨灭的黑影，在大路上有时投在它们身旁像它们忠实的相似之物，有时缩短、堆积在一起，或更确切地说混杂在一起，变得矮小畸形；有时膨胀、拉长像长脚长嘴的禽类，同时以缩短、对称的方式重复相似之物垂直位置的动作。这些黑影似乎和其相似之物被一些无形的锁链联结起来：四个黑点——四个马蹄——交替地分开、会合〔完全像从屋顶滴下的水，或更确切说，这滴水断裂了，一部分还挂在檐槽的边缘上（其现象可以分析如下：水滴由于自身的重量，拉长如梨形后，继续变形，然后变窄，最大的下端分离掉下，而上端似乎朝上收缩，像在分离后立即被往上吸，接着由于新加入的水分，这滴水又再度膨胀起来，一霎后，似乎还是同一滴水仍然在同一位置上悬挂着，再次鼓起，如是可以无穷地重复。这滴水像被一种一收一放的运动所推动，像悬在橡皮筋一端的晶体球）。同样地，马的脚和其影子分离后又再接合，不断地相互靠拢，影子往自己身上收缩，像章鱼的触须一般。这时候马蹄腾飞，马脚迈出画成一条自然的圆形线条，但那在马脚下稍后面的黑点往后稍退，压缩了起来，接着又回过来紧贴着马蹄——随着光线的倾斜度，影子返回接触到原物的速度，这黑影逐步拉长。虽然开始时速度缓慢，但到最后却像箭一般朝接触点、汇合点尽奔过去，仿佛是被吸过去似的，像是由于相互渗透作用的现象。影子与原物双重的动作增殖四倍，相互交融的四只马蹄及其四个影子好像在原地踏步似的来去之中一分一合。与此同时，在黑影下相继展现尘土飞扬的侧道、砾石路径、野草。像浓重的化开的墨迹，像战争遗留在后面的一长条的拖痕、污迹、沉船的余波，在散开又在汇合。它们在残垣破壁上，在死去的人身上飘拂而过，不留痕迹。

纯客观叙述在追求文学真实性方面的确有其创见与价值，但其实也难以完全摆脱主观性，因为即便是扫描仪的扫描，也仍然存在谁在扫描，怎样扫描的问题。从终极的角度，文学艺术总是作家人为的创造物,读者也总是带有情感期待与主观想象的。所以,彻底取消主观性和人物情感,不但没有必要,而且也不可能。

6.3 视角的其他变化

在小说的漫长历史中,尤其是进入当代之后,作家们对叙事视角有着越来越多的尝试、探索与创造,从而在作品的形式与内涵方面均取得了诸多新的突破。

6.3.1 多重视角

多重视角其实是限制性视角的创新方式,这种方式克服了限制性视角对故事、生活的单渠道叙述的片面性,形成了多面的立体的叙述效果。不同的人物、不同的视线、不同的观点对应的是生活的多种可能性,以及人性的复杂性。多重视角既具有全知视角航拍般的视野,又具有限制性视角的客观与真切,是一个视角的优化与创造。

福克纳在《我弥留之际》这部小说中,采用了十几个人物的视角,对那次"天路历程"般的旅行进行了纷繁多维的叙述,堪称多重视角的开创性作品。

当代的许多小说采用了这样的多重视角,每

一章都是一个不同的视角,而将这种视角运用得
比较极致的可能是牙买加作家马龙·詹姆斯的
《七杀简史》。众多的叙事视角与声音,来自超过
75 个人物,其叙述语言让人过目难忘,"从牙买加
的街头俚语到《圣经》般庄严的语调"(布克奖颁奖
词里),声音杂沓繁多,效果眼花缭乱。

像黑泽明的电影《罗生门》,也是因为采用了
与凶杀案有关的多重人物视角,使得案件变得扑
朔迷离,让观众体验到人性的诡异与复杂。

6.3.2　复合视角

莫言的《红高粱》是中国当代文学中一部重量
级的作品。除了魔幻现实主义色彩,这部小说还
采用了一个很独特的复合视角——"我"奶奶的视
角。这样的视角具有很强的弹性,既可以站在奶
奶的角度,近距离地叙述抗日战争与爱情传奇,又
可以站在作者的当代角度,反思遥远的历史与
人性。

这样的复合视角,我们在卡尔维诺的小说《树
上的男爵》中也曾经读到过。《树上的男爵》是一
部后现代风格的独特长篇小说,卡尔维诺在这部
小说中写了一个 12 岁的贵族男孩,为了赌气,也
为了摆脱沉闷压抑的现实生活,攀上了园里那棵

高大的圣栎树,并从这棵树攀缘到更远的树,在树顶上体验到了新鲜怪异的乐趣、自由和解放,从此再也不肯从树上下来,过起了独一无二的空中生活,直到生命的终点。

卡尔维诺要写的可不是一个童话,而是一篇小说。为了让自己的叙述一开始就拥有足够的现实感和具体感,他故意为人物构建了一个如家族史般漫长逶迤的姓名。为了借助叙述的翅膀把一个生活中的男孩送上树顶、送上天空,卡尔维诺想出的是一个充满悬念感的起飞式开头,这个开头几乎预兆了后面整部小说的叙事:

> 我兄弟柯希莫·皮奥瓦斯科·迪·隆多最后一次坐在我们中间的那一天是1767 年 6 月 15 日。

"我兄弟"这个人物称谓其实构成了一个复合的微妙的视角,它既有第一人称"我"的成分,从而给这部举世无双的奇特小说带来了自述者亲力亲为般的可信度与真实感;它当然也有第三人称的因子,可以在后面轻而易举地转向树上的兄弟这一叙事。

而马原那句总是被当作叙事圈套的标志性语

言:"我是那个叫马原的汉人。"除了在叙事视角方面故意混淆了作者与叙述者(我与马原),其实也隐含着人称的复合效果,要比"我奶奶"走得更远。如果说"我奶奶"单从称谓上看是由"我的奶奶"引申过来的话,那么"我是那个叫马原的汉人"则是灵光一闪的全新创造。"我"是第一人称,"那个叫马原的汉人"是第三人称的常见格式,所以,这句话为我们贡献的是一种间离的、背离的,却妙趣横生的人称关系——我是那个他。

6.3.3 动物视角

有许多小说采用了动物的视角,造成了一种另类奇异的叙事效果,从动物的角度看人类,为我们表达生活、探索人性提供了一个崭新而有趣的窗口。比如霍夫曼的《雄猫穆尔的生活观》和夏目漱石的《我是猫》是猫的视角,吉卜林的《丛林之书》是狼的视角,卡夫卡的《地洞》《变形记》分别是老鼠和甲虫的视角。

6.3.4 傻瓜视角

福克纳在《喧哗与骚动》中开创了傻瓜视角,让傻瓜来讲自己的故事。傻瓜稚童般的智商和诡异的生命感觉之间的巨大落差,使叙事显现了全新的格局与风貌。傻瓜视角方便作家采用新的叙述手段(如通感),尝试新的小说形式(意识流),从而可以更好地契合人性的复杂,更有力地探索与揭橥生命的非理性领域。

阿来的《尘埃落定》是中国当代最优秀的长篇小说之一,它独特的叙事风格,就与傻瓜视角有密不可分的关系。

6.3.5　死后视角

让一个死者讲述自己生前的故事,既有一种穿越生死的奇异感,又有一种深入死亡、深入灵魂的魔幻感。而且死后的叙事者被赋予了一种超越的灵性能力,他好像可以站在镜子的背面,看到生者无法看到的事物与人性的阴暗面,他可以站在生活的外面看到更内在深奥的里面。

方方的中篇小说《风景》,艾伟的长篇小说《南方》采用的就都是这样的死后视角。

此外,还有瑞典作家格拉维斯在《侏儒》中使用的侏儒视角,阿根廷作家萨瓦托在《英雄与坟墓》中创立的盲人视角,等等。

7 时　间

7.1　叙事时间与钟表时间

　　叙事时间指小说故事情节所对应、所占据的时间。这个时间由作家写作时的叙事速度、节奏与结构安排所决定,既非线性又非匀速,受作家的叙事动机与主观情感所影响。而钟表时间则是指不以人的意志为转移的客观时间,它呈线性,匀速,像河水一样向前流动,即逝者如斯夫。

　　关于叙事与时间,克里斯蒂安·麦茨的概括是精准而恰当的:"叙事是一组有两个时间(被讲述的事情的时间和叙事的时间)的序列构成的。叙事的功能之一是把一种时间兑现为另一种时间。"

　　卡尔维诺在《千年文学备忘录》中的话则进一步明确了这一点:"没有时间变形就没有小说叙事。"

　　也就是说,叙事时间是对钟表时间的偏离、变

形、扭曲和漂移,是为了文学的目的对钟表时间的
重新安排与铸造。

从大的方面讲,叙事时间相对于钟表时间有
两种变形:一是快慢的调节,二是先后的安排。

7.2　时间的快慢——叙事的速度与节奏

当叙事时间小于钟表时间,叙事的速度就变
快了;当叙事时间大于钟表时间,叙事的速度就变
慢了。

那为什么要控制叙事时间,使叙事的速度变
快或放慢呢？这其实跟生命与时光之间的非对称
性有关。钟表时间是匀速的,但对生命而言却并
非等值。每个人的人生其实是由少量的高光时间
和大量的垃圾时间构成的。我们自己经常会有这
样的生命体验:我们的人生是被某些特殊的日子
甚至瞬间决定的,我们在回忆中觉得特别美好或
揪心的时光是寥寥无几的,而大量的时间都不痛
不痒。

关于生命与时光之间的复杂的关系,林夕的
《流年》就有很好的诠释:

有生之年狭路相逢终不能幸免
手心忽然长出纠缠的曲线

懂事之前情动以后长不过一天
留不住算不出流年

遇见一场烟火的表演
用一场轮回的时间
紫微星流过来不及说再见
已经远离我一光年

是啊,在漫长的有生之年,总有些人有些事,
要在某些时刻狭路相逢。那致命的一天,足以让
一个人从懂事之前跃向情动以后。而生命的精彩
时光就像一瞬间的烟火,需要用一场轮回的时间
来孕育和发生。

正因为对人生而言,某些时刻和瞬间特别绚
丽高光,所以,作家面对这样的时刻和瞬间,就会
放慢叙事的节奏和速度,用尽可能细密的叙述和
繁茂的文字去描述它、放大它、品味它,让它变得
像花一样、梦一样迷人,从而让这样的瞬间趋于永
恒。反之,人生中有那么多时光,像空气一样弥
散,像水一样无谓地流过,没有什么称得上感觉的
感觉,也没有发生什么堪称情节的情节,作家便会
加快叙述速度,有时候,只用一句话就让十年的钟
表时间在读者的眼前消失。

总之,时间的快慢问题,决定着叙事的速度与节奏。它存在于叙述时间与钟表时间的差异之中,产生于我们对时间的艺术体验和独特想象,当然也取决于作家对语词的有意安排和其写作的风格、目的。

当叙述时间大于钟表时间时,我们看到的叙述就是膨胀、拖延和缓慢的,这种情况与"加法写作"类似;当叙述时间小于钟表时间,我们看到的叙述则是简洁、快捷和迅速的,这种情况可以和"减法写作"对照。而叙述时间等于钟表时间的情况几乎没有(下一讲要谈的小说对话是个例外),因为文学总意味着加工与创造,艺术总意味着形变和重塑。正像卡尔维诺所说的:"无论如何,故事都是依据一定长度的时间运思,一件依靠时间的花费而进行的着魔般的活动,是把时间缩短或者延长。"

下面我们就来看一些文学案例。

7.2.1 《一千零一夜》

像《一千零一夜》这样的东方故事,是用特有的一个故事套另一个故事的内在衍生手段来拖延时间放慢叙述的。谢赫拉查达讲故事,故事里有人讲故事,这二道故事里又有人讲故事,这故事就

可以一直讲下去。这种故事里套故事的方法，这种俄罗斯套娃一样的叙述，这种运用到叙述中的那令我们迫切想要知道下文的本能，使叙述的起飞到叙述的降落之间的距离无限延长，从而拖延了叙述的时间，放慢了叙述的速度。

7.2.2　张大春的发现

关于叙事的时间和速度，中国台湾地区作家张大春在《小说稗类》中曾经有过这样一个总结："小说的内容越是进入细节，便越是调慢了叙述的时钟，甚至使之趋近静止。换言之，细节是调整小说叙述速度的枢纽。"我记得他在分析卡夫卡小说《变形记》的叙述节奏与速度时曾提及一个有趣的发现：这篇小说忽快忽慢的叙述，其实是在模拟昆虫跳跃突进的运动样式。

7.2.3　《项狄传》

当然，在减缓时间流逝、放慢叙述速度方面，我们的文学已经锤炼出了各种技巧和方法，而脱离主题的枝节叙述显然是一种常见的方法。这种方法利用思维的灵活性、机动性和趣味性，使叙述从容不迫自然而然地离开故事主线或主题，从一个题目跳向另外一个题目，可以脱离主线一百次，经过一百次辗转曲折之后又返回原主线。这是劳伦斯·斯特恩的重大发明,后来为狄德罗所继承。
劳伦斯·斯特恩的小说《项狄传》完全由蔓生的枝
节组成,随心所欲的蔓生枝节成了一种拖延结尾
的策略,延长了作品占有的时间,其叙述不断逃遁
又不断翱翔,不断迂回又不断延伸。这是一种脱
离主题的精神,也给人一种时间无限的错觉,正是
借助这样的错觉,主人公项狄才可能逃离死亡的
追赶。卡尔罗·列维在为斯特恩《项狄传》的意大
利译本作序时这样写道:

> 时钟是项狄的第一个象征物。在时
> 钟的影响下他被孕育,他的不幸开始,他
> 的不幸是和时间的标志统一的。像贝利
> 所说的,死亡隐藏在时钟里,个体生命的
> 不幸,这个片段生命,这个没有整体性
> 的、被分开的、不统一物的不幸,就是死
> 亡,死亡就是时间,个体存在的时间,分
> 化的时间,滚滚向前奔向终点的、抽象的
> 时间。项狄不想出生,因为他不愿意死
> 亡。为免于死亡和躲避时间,每种办法、
> 每种武器都是弥足珍贵的。如果说直线
> 是两个命定的、无法逃避的点中间的最
> 短距离,那么,离开主题的枝节则可以延

长这个距离。还有,如果这些枝节变得足够复杂、纷繁和曲折,而且迅速得足以掩蔽其本身的踪影,谁知道呢？——也许死亡就不会找到我们,也许时间就会迷路,也许我们自己就会不断地隐藏在我们不断变化着的隐匿之地。

这也许是我所见过的关于延缓叙述的最妙不可言的论述了。我记得博尔赫斯好像也写过一篇通过延缓叙述来逃避死亡的小说,那篇小说从行刑队员扣动扳机写起,到子弹命中目标结束,整篇小说的钟表时间大概只有一秒钟。在博尔赫斯延缓的叙述中,这一秒钟差不多被放慢成永恒,在这样的叙述里死亡似乎真的失去了立足之地。

为了在这个高速发展的时代追求一种慢的乐趣,昆德拉写了一部顾名思义的小说《缓慢》,这部小说显然也是由蔓生的枝节和故事中套故事的方法写成的。

7.2.4 《追忆似水年华》

当然,延缓叙述除了拥有从容悠闲的特质、乐趣,以及艺术地逃避死亡的功能,它还常常是尽可能真实地表达和穷尽人类无限丰富的心理感受的一条有效途径。普鲁斯特大概就是在这条道路上走得最远的作家。我们都知道,人类的感受在瞬间萌生,可对这种感受的分辨、捕捉和表达却耗时又费力,两者之间存在着一种反差和背离,存在着一道几乎无法逾越的时间鸿沟和语言屏障。为了克服这种背离,普鲁斯特采取的是一种无限缓慢的叙述,这是一种纷繁、细腻、延宕的叙述,是一种需要无与伦比的记忆、敏感、耐心和毅力的叙述。在这样的叙述里,钟表时间被叙述时间拉伸、延缓、膨胀、放大到极致。在对主人公品尝点心"小玛德莱娜"的一刹那产生的感受的叙述中,我们发现普鲁斯特真的用这种无限延缓的叙述之网和语言之箭,追上了那早已消逝的生命时光。

7.2.5 《尤利西斯》

与伟大的普鲁斯特不同,同样伟大的乔伊斯则运用情节的拓扑来延缓叙述的速度。在《尤利西斯》中,乔伊斯通过这种拓扑学原理,让叙述和语言自我繁殖且无限扩张,结果,别人需要叙述一百年的庞大篇幅,他却只用了一天。乔伊斯的叙述慢得几乎让时间停止,他的叙述让我们不得不相信:一日长于百年……

7.2.6 《神曲》

与延缓叙述相比,使叙述加速也许是相对容

易做到的。有时候,一个带转折词的句子就可以让钟表时间流逝多年,比如:"然而,十年后他再次回到故乡的时候,村里已经没有一个人认得出他了。"

其实,只要稍稍调整一下句子结构或语序,就可以使情节发展变得迅速,或使物体运动变得快捷无比。但丁在《神曲》中描写的那支箭,就是一个卓绝的例子,这样对迅疾的叙述可以说前无古人,后无来者:"箭中了目标,离了弦。"

7.3　时间的先后——叙事的秩序与结构

钟表时间是从前向后线性地流逝的,它是有序的,按部就班的,但在人的意识与回忆里,时间却是紊乱无序的,前后跳跃的,完全不遵循钟表时间的固有秩序。一般意义上,时间的过去、现在与未来,在文学中不再有效,根据生命体验与记忆的叙事时间颠覆了原有的钟表时间。

艾略特在《四个四重奏》里早就表明:现在的时间和过去的时间也许都存在于未来的时间,而未来的时间又包容于过去的时间。

当然,小说家们也早就不愿臣服于时间的先后顺序,他们用现代性叙事向亘古的时间观念发起了强有力的挑战,并最终挣脱了它的禁锢与约束。

　　民间故事似乎习惯于遵循时间的先后顺序，但在西方文学的源头，如荷马史诗里，叙事就是以时间的倒错效果为开端的：《伊利亚特》一开头先写了阿喀琉斯的愤怒，但从第八行起，叙述者就开始让叙事返回十余天前，倒叙了阿喀琉斯和阿伽门农的争吵。叙述者用一百四十余页的诗行回顾了争吵的原因（对克律塞斯的凌辱—阿波罗的愤怒—瘟疫）。但这种倒叙仍然以时间顺序为参考系，仍然保留了清楚的时间方位坐标（过去，现在）。千年以后，传统小说中的倒叙在这一点上并没有走得更远，我们在巴尔扎克等人的小说中看到的依旧如此。

　　到了 20 世纪，随着物理学上现代时空观的出现，小说的时间革命开始全面展开，遍地开花。

　　萨特在那篇评论《喧哗与骚动》的著名文章《关于〈喧哗与骚动〉·福克纳小说中的时间》里对现代小说的叙事时间做过这样的总结："当代大多数作家，如普鲁斯特、乔伊斯、多斯·帕索斯、福克纳、纪德和伍尔夫，都曾经企图以自己的方式割裂时间。有的人把过去和未来去掉，于是时间只剩下对眼前瞬间的纯粹直觉；另一些人，如多斯·帕索斯等，把时间变成一种死去的、封闭的记忆。普

鲁斯特和福克纳干脆砍掉时间的脑袋,他们去掉了时间的未来,也就是行动和自由那一向度。"

7.3.1　普鲁斯特

毫无疑问,普鲁斯特对小说叙事时间的现代性发明和创造,在现代小说史中独占鳌头。著名评论家埃德蒙·威尔逊就曾断言:"他从相对论的观点出发重新创造了小说世界:他首次而全面地令文学与当代物理学的新理论等量齐观。"

与传统的时空观,以及体现在传统小说里的时间结构完全不同,对普鲁斯特而言,时间不再是行动的舞台,不再是让现实生活具体化的东西,反而"是一种起分离作用的东西"(萨特);时间不是发生一切的地方,而是让一切消失的地方,时间性就是丧失性。所以,他背向未来,面向过去,追忆似水年华,探索过去的生命的真实和曾经的心灵秘密。

因此,普鲁斯特的时间技巧就是取消时间未来的技巧,同时也是悬置现在返回过去的技巧。对普鲁斯特的小说主人公来说,未来只是一个宿命一样的虚无点,所以,他总是一而再、再而三地让时间从未来滑回过去。他唯一信赖的是过去。

普鲁斯特认为,过去存在过,但已在时间中丢失,时间差不多就成了丧失的代名词。《追忆似水年华》的叙述者在外祖母陪同下,第一次来到巴尔贝克海滩,体验到了陌生的荒诞感,体验到了生命丧失的不可避免,贝克特在《普鲁斯特论》中总结道:"想到不仅他所爱的客体已经消失,而那爱本身也终有消失之时,所丧失的一切将不再是丧失。此刻他想到,我们对永葆个性的天堂的梦想是多么荒谬啊,因为我们的生命就是对天堂不断否定的过程,那唯一真实的天堂是已经失去的天堂,而死亡将医治许许多多渴望不朽的欲望。"所以,越过时间,追忆并重现过去,就成了普鲁斯特寻求安慰和解脱的唯一途径。

普鲁斯特于是就通过呕心沥血的叙事,发明了一种记忆的哲学和技巧,在这样的技巧作用下,过去不是由客观线性的传统时间构成,而是由一种相对时间或情感时间构成,这样的时间也近似柏格森所谓绵延时光或心理时间,在这样的时间里,回忆和生命感觉纷至沓来,无序如夜空的繁星。

7.3.2 伍尔夫

如果说普鲁斯特主要发明了不断从现在和未来退回过去的叙事时间,那么,伍尔夫则创造了从

现在跃向未来的叙事时间。

1982 年 5 月，获得诺贝尔文学奖的马尔克斯，与哥伦比亚的一位作家兼记者普利尼奥·阿普莱尔·门多萨进行了一次长篇访谈。《番石榴飘香》就是这次访谈的产物。在这次访谈中，马尔克斯回顾了自己的生活和创作生涯，也谈到了许多曾经影响过他的作家，比如卡夫卡、胡安·鲁尔弗、福克纳、海明威、格雷厄姆·格林等。当然，他也谈到了弗吉尼亚·伍尔夫。

马尔克斯特别提到了《达洛卫夫人》，提到了这篇小说开头那段令人震惊的叙述。他说多年以前，自己看到那一段落时非常吃惊和兴奋："因为它完全改变了我的时间概念。也许，还使我在一瞬间隐约看到了马孔多毁灭的整个过程，预测到了它的最终结局。"

　　拉上遮帘的汽车带着深不可测的神秘气氛，向皮卡迪利大街驶去，依然受到人们的注视，依然在大街两边围观者的脸上激起同样崇敬的表情，至于那是对王后，还是对王子，或是对首相的敬意，却无人知晓。只有三个人在短短几秒钟里看到了那张面孔，究竟他们看见的是男是女,此刻还有争议。但毫无疑问,车中坐的是位大人物:显赫的权贵正悄悄地经过邦德街,与普通人仅仅相隔一箭之遥。这当口,他们国家永恒的象征——英国君主可能近在咫尺,几乎能通话哩。对这些普通人来说,这是第一次、也是最后一次千载难逢的机会。多少年后,伦敦将变成杂草蔓生的荒野,在这星期三早晨匆匆经过此地的人们也都只剩下一堆白骨,唯有几只结婚戒指混杂在尸体的灰烬之中,此外便是无数腐败了的牙齿上的金粉填料。到那时,好奇的考古学家将追溯昔日的遗迹,会考证出汽车里那个人究竟是谁。(《达洛卫夫人》,上海译文出版社1988年版,第16页)。

达洛卫夫人在六月中旬一个空气清新的早晨离开家,她想亲自为晚上的宴会购买一些鲜花。她在伦敦的街道上行走着,她头脑里飘忽的思绪和自由的联想也像街道一样自由地起伏伸展着。她在街上还遇到了熟人,与他们打过招呼以后她继续行走,先穿过皮卡迪利大街,然后来到商店林立的邦德街,走进了马尔伯里花店。这个时候,前

面的街道驶过来一辆车,街上的人都看到了这辆有皇家标志的车,达洛卫夫人当然也看到了,大家都很好奇,纷纷猜测车里坐着的到底是谁。伍尔夫一路写来,她的叙述像街道一样蜿蜒伸展,像河流一样波澜不惊。但是,突然之间,我们看到了"多少年后"四个字,伍尔夫的叙述就像火箭升空一样一下子离开了现实的街道,离开了那个六月的早晨,跃到了遥远的假设的未来!

多少年后,让马尔克斯为之兴奋和吃惊的无疑就是这历史性的一跃。正是这异想天开灵光闪烁的一跃,让马尔克斯改变了时间观念,并在这一瞬间隐约看到了马孔多毁灭的整个过程,预测到了它的最终结局。从而为《百年孤独》这部魔幻现实主义的小说找到了写作的突破口和切入点。

伍尔夫惊人的一跳,在后来的文学理论中被命名为"时间假设"。

我想,伍尔夫是想通过这样的时间假设,让压缩在一天时间内的生活和叙述延展到无限的地老天荒的时间维度。她想表明,一天就是永恒("所有的岁月"),或者说,她所叙述的分明就是永恒的一天(与《尤利西斯》一样,《达洛卫夫人》的故事也发生在一天之内)。

7.3.3　福克纳

在普鲁斯特之后,把时间处理得最为复杂的作家一定是福克纳了。

发表于 1929 年的《喧哗与骚动》,表面上看是乔伊斯和伍尔夫的意识流文学的自然延续,实际上,福克纳自己的改造和重铸要多于继承。他的叙事不再是单一的意识流动,他发明了多重人物视角,他的意识流是复合的、多重的、非线性的(《喧哗与骚动》是四个视角,《我弥留之际》则多达十几个)。从不同角度对同一故事的意识流叙事,无疑更接近事实与真相,这种叙事的多种可能性,会让我们想起后来的《罗生门》这样的电影。

而在叙事时间上,福克纳也超越了乔伊斯等前辈(乔伊斯是在同一时间内对不同人物与情节进行叙述,是一种拓扑和自我增殖的时间,是一种时间停顿),创造了只属于他的时间技艺和哲学。

《喧哗与骚动》第一章的叙述者是白痴班吉,福克纳在创作谈中说,先让一个傻瓜来讲述这个故事,可以让故事更加生动云云,其实是某种障眼法。我个人认为,福克纳让白痴来讲述故事的第一遍,真正的目的是发明一种新的叙事时间,我们不妨把它命名为"傻瓜时间"。说白了,"傻瓜时

间"就是对时间的取消,就是没有时间:傻瓜怎么
会知道时间呢? 我们看到,福克纳的叙述或班吉
的意识流动处在一种无时间性之中。班吉的意识
从"当下"(1928 年 4 月 7 日)流到遥远的"过去"
(很多过去,比如 1900 年 12 月 23 日他与姐姐凯
蒂在一起的过去,1912 年康普生先生去世后的某
一天,1908 年的春天或夏天,等等。 当然所有的
日期都是作家或译者的注释,对班吉来说却完全
不存在),并且常常从一个过去又流淌到更早的另
一个过去(班吉的意识先从当下流淌到 1900 年
12 月 23 日与凯蒂一起为毛莱舅舅送信的情景,
然后又流淌到同一天更早的时候与黑仆威尔许出
门的情景)。福克纳的叙述从不跃向未来(他不信
任未来,再说伍尔夫已经跃得太漂亮了),他总是
不断地滑向过去,有时候在同一句话里,前半句还
是当下,后半句已是过去("我停住哼叫,走进水
里,这时罗斯库司走来说去吃晚饭吧,凯蒂就
说……"班吉在"当下"走进水里,可脑中倏忽浮现
出来的是 1989 年与凯蒂玩水时的情景,那时,班
吉只有三岁)。与此前意识流文学的那种时间跳
跃不同,福克纳做这样的返回和倒滑的时候,连
"多年以前""很久以前""到了那时"这样的时间用
语都全部省略,唯一的妥协只是在印刷字体上做

了些调整。他拒绝任何时间标记,与此同时,他也拒绝了时间本身(我认为福克纳和海明威这两位美国作家分别创造了现代小说中的两种伟大省略:福克纳省略了时间的任何标记,海明威省略了对话的所有前缀)。没有了标记的时间,就像失去了影子的物体,福克纳在这样的时间里的叙述,恰如武侠里的无影脚,来无影去无踪,神龙见首不见尾。班吉的意识就这样在当下与过去之间自由滑动,这种自由的程度是彻底的,班吉的意识运动,让我们联想到物理实验室中无摩擦气垫轨道上的滑块做的自由运动,或是无阻力的物体运动。福克纳的过去与现在构成的不是时间,而是一个怪异的空间,凭着疯傻和彻底的无知,班吉在这个空间里完全失重,自由飘移。

到第二章,叙述者换成自杀前处于疯癫状态的昆丁,叙述时间从"傻瓜时间"变成混乱纠结的"疯癫时间"。

无论是"傻瓜时间"还是"疯癫时间",其实都不是时间本身。我们在福克纳的叙述中,感到时间仿佛是一个黑洞,人在这个黑洞中飘向过去,堕入深渊……

7.3.4 马尔克斯

而马尔克斯在《百年孤独》中使用的时间技

巧,既不是大跨度的直线跳跃(如果说在伍尔夫笔
下,"多少年后"只是诗性的惊人的一跳,到了马尔
克斯笔下,"多年以后"则被用来创建魔幻叙事的
时间结构),也不是普鲁斯特或福克纳无尽的后退
或折返,而是循环的重复的圆周运动。这一点在
小说开头的句子中已然清晰:从现在跃到未来,然
后又以光速从未来绕回过去,形成一个封闭的圆
圈,就像一条咬住自己尾巴的蛇。

> 多年以后,奥雷连诺上校站在行刑
> 队面前,准会想起父亲带他去参观冰块
> 的那个遥远的下午。

从第一章开始,我们发现马尔克斯就不断把
未来的事情提前叙述。开头是第一次,第二次是:
"奥雷连诺的哥哥霍·阿卡蒂奥,将把这个惊人的
形象当作留下的回忆传给他所有的后代。"第三次
是:"多年以后,奥雷连诺上校也来到这个地区的
时候(那时这儿已经开辟了驿道),他在帆船失事
的地方只能看见一片罂粟花中间烧煳的船骨。那
时他才相信,这整个故事并不是他父亲虚构的。"
第四次是:"多年以后,政府军的军官命令行刑队
开枪之前的片刻间,奥雷连诺上校重新忆起了那

个暖和的三月的下午。"在小说的前半部,马尔克斯一直在进行这样的叙述。

而到了小说的后半部,奥雷连诺上校死去之后,马尔克斯的叙述开始做相反的运动,他不断地把过去发生的事情延搁到现在来重叙,开始频频使用"多年以前,那时奥雷连诺上校……"这样的句式。

不断地向前(预叙)与不断地往后(倒叙),最后首尾相接,循环往复,时间于是封闭成圆环。开始就是结局,一切都是重复。小说女主人公乌苏娜多次在不同时间、不同场合,面对不同代的子孙,发出"时间像是在打转,我们又回到了当初"的感叹。

上校打完最后一场仗后,曾企图自杀,先让随军医生在胸口画了个红圈,然后朝那儿开了一枪,但医生所画的恰恰是一个避开心脏的红圈。从此,没有死成的上校把自己关在作坊里,每天做两条小金鱼,每当积满二十五条后,便将其全部回炉熔化,再重新开始,这样一直到他肉体死亡。

人在这样封闭的圆环中,形同囚禁在时间的牢笼里,结果当然只能是坠入孤独、绝望和死亡。对生命而言,马尔克斯的时间圆环与福克纳的时间黑洞何其相似。

多年以后，我们在马其顿导演曼彻夫斯基的电影《暴雨将至》中再次欣赏到美妙的时间圆环时，或在昆汀·塔伦蒂诺的电影《低俗小说》中看到画在黑社会老大的女人胸口的红圈时，准会想起马尔克斯的《百年孤独》，并发出会心的微笑。

但同样毋庸置疑的是，马尔克斯当时在创造这样的时间圆圈和叙述循环时，至少吸收和熔铸了如下一些在叙事时间方面的智慧和精华：伍尔夫惊人的跳跃，普鲁斯特频繁而自由的时间往返和倒叙、预叙，福克纳沿着黑洞一样的时间迷径所抵达的人类普遍的绝望境域……

8 话 语

8.1 话语的概念

把这一讲叫话语而不叫对话,是因为从概念的严谨性或学术的专业性上来说,对话虽然耳熟能详,但却有不完备的地方。对话一般指两个人以上的口头交流,小说有时候会写一个人的自言自语,叫对话就不合适。而现代小说修辞里有一种常用的手法,也属于话语范畴,那就是间接话语。它既有对话的生动口吻,又有讲述的速度与效率,自福楼拜、普鲁斯特等人之后,成为作家经常使用的话语表达手段,马尔克斯在《百年孤独》里就有精彩的例子。我们无法把间接话语叫间接对话,间接对话在字义上明显说不通。

所以,我们把小说里的人物对话,叫作话语,但意思其实差不多,在下面的论述中,话语与对话就不再做严格区分了。

8.2　话语的特征

　　第 7 讲"时间"里,我们曾经强调,小说的叙述,总是对时间的变形,要么拉长变慢,要么压缩变快。但这也有一个例外,那就是人物对话,在对话部分,叙事时间等于钟表时间。生活中的对话与小说叙述中的对话占用的时间是一样的。

　　这样的特征,也决定了对话的生动效果,它特别像现场直播,让人如闻其声,如见其人。

8.3　对话为什么不好写

　　写小说的人差不多都有个体会,那就是对话不好写。对话为什么不好写? 在我看来,原因其实很简单:对话是作家在叙述时碰到的一个悖论。

　　作家无论是在讲述或描绘时,还是在情景描写或心理刻画时,追求的都是现实的幻觉,他的目的是达到一种艺术的内在的真实,因此,他的叙述是主动的,他可以充分发挥自己的艺术个性和语言才华,充分发挥自己的想象和创造。他既可以在内容上超越生活层面的东西(比如写荒诞和梦魇),又可以超越语法规范和语言习惯。他可以随心所欲地运用各种修辞手段和语言技巧来实现叙述的目标。而写人物的对话则完全是另一码事,作家不仅要通过对话打造现实的幻觉,还应该提供生活的质感,而对话不仅要有内在的艺术的真实,还应该有外在的生活的真实。说白了,小说人物的对话应该像生活中的人所讲的话,不应该像诗歌朗诵,也不应该像演讲比赛,否则就会显得做作,显得不真实、不对劲,叙述的效果和力量也就会大打折扣。因此,写对话的时候,作家就显得比较被动,他的艺术个性和语言才华就会受到很多束缚、限制和削减,他的写作姿态只能放低,他的满腹经纶和锦心绣口都只能暂时搁置一旁,他的文字选择和语言运用都只能从生活的上空重新降落到生活的层面和日常的水平。与此同时,小说中的对话又不能是对生活的实录,不能仅仅是对日常说话的简单模拟,不能只像生活中的人说的话。因为作家要通过对话刻画人物性格、交代情节发展、描写心理状态,要达到各种叙事的功能和艺术的目的。他虽然得放低写作姿态,可又不能妥协,他的语言得降落到生活层面,但又不能放弃对文字的选择和控制,不能丢掉叙述的质量和语言的个性。这样分析,我们就可以看到对话的悖论性:既要像生活,又不能是生活;既要跟着人物走,又不能放弃作家的艺术个性;既要放低姿态,又绝不能投降。

由此可见，写好小说中的对话，其实是一件很繁难的事情，因为相对于情感、心理等内在的、隐含的，看不见听不到的东西，人物的对话显得更为外在，一旦不真实，则更容易被读者看出来。

我们平时读到的许多小说，对话部分都不够精彩，阅读时，我们甚至会省略大段大段的对话。

8.4 南北作家的差异

在我们国家，南北作家由于地域与方言的问题，他们写的对话就有较大的差异。

总体上说，北方的作家像老舍、王朔等人的对话更生动、俏皮、有趣，而且带有很浓的生活气息。这是因为：一方面，北方人在日常生活里基本上说普通话，口头表达与书面表达的距离很小，北方作家可以方便地把生活中的话语资源运用于小说人物；另一方面，老舍等人的小说对话，还会汲取一些传统艺术如相声、京韵大鼓里的对话技巧，使得京白这种话语方式，很好地渗透进小说的写作中。读王朔的小说，我们可以感受到他内化在对话部分的时间和精力似乎要超过其他部分，对话是他写作的重点和亮点。他的对话总是那么活泼、那么轻松，显得幽默、有趣，一点也不沉闷枯燥。王朔写对话写得好，除了他重视对话，还有两个比较有利的因素,一个是京白的运用(北京人说话本就脆生、利索、顺溜),另一个是他写的都是相对边缘、相对顽皮,"一点正经没有"的人物(这些人的嘴都比较"贫")。

南方作家面对的问题是,生活中的人都用方言讲话,口头表达与书面表达之间有无法弥合的距离,他们写人物对话,就要把生动的方言翻译成普通话。而我们都知道,任何翻译都会有语义和语感方面的损失,方言对话的生动有趣很难完好地体现在书面表达中。即使余华这样有语言天赋的作家,在写人物对话时也难免会有文绉绉的地方,有一点翻译腔的不足,只能在语词运用与想象力等方面做一些弥补。

8.5 对话写得好的中国作家

我首先想到的是司马迁。在《项羽本纪》的开头处,司马迁就运用了一个话语细节,成功地让霸王项羽闪亮登场。秦王东巡,项羽与叔叔项梁一起去围观,项羽脱口就说了一句:"彼可取而代也!"项羽的英雄气概、非凡胸怀与没遮拦的急脾气,几乎全在里边了。这个世界上好像只有项羽才会说这样的话,反过来说也一样,项羽不说就罢,要说就一定会说这样的话,否则他就不是项

羽。这就叫什么样的人说什么样的话,这就叫话如其人。在《高祖本纪》里,司马迁也让刘邦在秦王东巡时说了一句话:"大丈夫当如是也。"意思差不多,觊觎之心昭然若揭,但刘邦显然要小心狡猾得多,表面上似乎还是在夸赞秦王,万一别人听见了,也没事,绝不会被"族"。

之后我想到的是写《水浒传》的施耐庵,在中国文学史上,施耐庵是那个真正把太史公司马迁的汉语写作技艺发扬光大的那个人。我们来看看武松与潘金莲之间的几句绝妙的对话。

武松在景阳冈打完老虎(多棒的名字,景阳冈,真乃打虎的好地方,换成黄泥冈估计就没味道了),来到阳谷县,在街上遇到阔别已久的哥哥武大郎。施耐庵在这个地方描写了一段惊天地泣鬼神的兄弟之情,每次读到都让人想掉眼泪。

武松跟哥哥回到家,一看到潘金莲就有一种不好的预感,他怎么也想不到自己会有这样一位嫂子。接下来,施耐庵要把这种预感写成现实。实际上,他面临着一个叙述的难题:怎样去叙述嫂子潘金莲对武松的示好甚至挑逗!本来,女子挑逗男子不算写作的难题,来段带色的描写,讲几个荤的笑话,也就对付过去了。可潘金莲要挑逗的是武松,这不但是她的小叔子,而且这个小叔子还是个顶天立地的英雄！所以，一般的写法在这儿根本行不通，那样写，武松的英雄形象就会立马垮掉，潘金莲也就不称其为潘金莲。

所以，施耐庵必须祭出绝招：打从见面开始，到挑逗结束，施耐庵故意让潘金莲每次与武松说话都带"叔叔"的前缀，什么"叔叔万福""叔叔怎地连鱼和肉也不吃一块儿""叔叔，只穿这些衣裳不冷""叔叔喝杯酒暖暖身子"。这样子绕来绕去，一共说出了三十九句带叔叔的句子（金圣叹专门数过）。最后在一个大雪天，武松从县里回来，武大郎还在外面卖烧饼，嫂子又让小叔子喝酒暖身子。潘金莲早已把持不住，喝了几杯后，她斟满一杯酒，自己喝了一口，剩下大半杯，终于说出了那个闪电似的"你"字："你若有心，吃我这半盏儿残酒。"

说了三十九个叔叔之后蹦出来的这个"你"字，一下子把二人的叔嫂关系逆转偷换为男女关系！艰难曲折的挑逗在瞬间完成并漂亮收官。武松的反应是夺过酒杯泼在地下，大骂潘金莲"不识羞耻"，因为武松也是人，本能的反应当然是生气与怒骂。但武松又不是普通人，我们都知道他的冷静与果断举世罕有，所以他不能就这样骂完人摔门一走了。接下来，武松应该怎么办？那一刻，除了对嫂子的愤怒，内心深处肯定还有对哥哥

的担忧,所以他必须再说点儿什么,必须震慑住嫂子的淫欲之心。说什么呢? 施耐庵这时候无疑又面临着一个棘手的难题。他想出的是一个举世无双的具有震撼性的句子,这个句子完美地解决了新出现的叙述难题:

> 倘有些风吹草动,武二眼里认得是
> 嫂嫂,拳头却不认得是嫂嫂!

我们都知道,潘金莲当然也知道,武松的拳头可刚刚打死过景阳冈的猛虎,其震慑性与威力几乎堪比核弹头!

8.6 对话写得好的外国作家

海明威大概是世界上最喜欢也最擅长在小说中写对话的作家。像《白象似的群山》《杀人者》《世上的光》《十个印第安人》《拳击家》《最后一片净土》《弗朗西斯·麦康伯短促的幸福生活》《乞力马扎罗的雪》等小说,几乎全是由对话构成的,我们不妨称之为对话小说。

即使在《老人与海》中,老人桑提亚哥一个人到海上去钓鱼,海明威也通过让他用自言自语,或与鱼、鸟等说话的方式,写了那么多的对话(《大双心河》也是如此,这种手法被人称为"想出声儿来")。这样写,不仅使一个孤身在大海上的老人的形象真实可信(如果主人公是个年轻人恐怕就不行),而且使小说充满了声音,使小说叙述显得丰富和生动。更为重要的一点,这些对话,体现了一个历尽沧桑的孤独老人与自然的那种亲如兄弟、熟稔如故、相契相融的关系,让读者觉得特亲切、感动。

海明威的对话小说把对话艺术发挥到了极致,简直是学写对话的教材和典范。海明威之所以喜欢写对话,其实与他的冰山理论和简洁的文学风格是一脉相承的。海明威的冰山理论及小说实践经常被称为"文学革命"。在人们的印象里,海明威首先是个拿着一把板斧的作家。他要把长期以来英语文学中的浮华、啰唆、烦琐的东西砍掉,把壅塞昏暗的语言森林中的那些冗言赘语斩伐掉。他要剔除那些习惯性的解释、社会难题探讨、哲理性议论。他认为经过时间的淘洗,有些东西会消失湮没:哲理很快会有霉味,社会难题早已被人忘怀,流行的道德风尚已经变得面目全非,能够保留下来的只有小说中的那些人物、故事、声音、画面。他孜孜以求的是表现和描绘具体的对象,让眼睛和对象之间、对象和读者之间直接相

通,产生光鲜如画的感受,让读者的阅读目光变得光明通透,一目了然。在海明威的具体叙述中,他删去了解释和议论,砍掉了花花绿绿的比喻,清除了传统的毫无生气的文章俗套,丢掉了不必要的定语和状语,伐掉了那些多余的语言枝叶,只留下了清爽疏朗的枝干,只留下了最为简洁的景色描绘,只留下了名词和动词,画面和声音,只留下了干净利索曲尽其妙的对话。

的确,海明威最得心应手的是写对话。批评家们指出海明威有一副极为敏感的耳朵,他的听觉极为细腻发达,能够辨别人们谈话中极为细微的差别,而且善于将其用一种"风格化了的口语"表达出来。据说,他从亨利·詹姆斯那里学到对话的戏剧化,但不像亨利·詹姆斯那样需要使用那么多"舞台指示"来说明对话的背景、说话人的思路和姿势。相反,他可以用巧妙得当的对话来暗示背景、说话人的思路,以及说话时的神情。一句话,他善于用对话来代替叙述。

马尔克斯无疑借鉴了海明威的对话艺术,但他对对话的运用却恰到好处,不像海明威那么极端。海明威的对话小说有时候会给人单调枯涩之感,有点像美人减肥减过了头而变得形销骨立。比如,在《百年孤独》这部惊世之作中,马尔克斯的独特语体就是将讲述加上对话经纬般交织而成的。讲述保证了叙述的速度,篇幅不长却讲述了家族七代的故事,厚重如一部人类历史;而间或出现的人物对话,则让叙述充满了生动活泼如闻其声的叙事效果。

在《百年孤独》的第二章,马尔克斯写到进入青春期的阿卡蒂奥,写他与村里的寡妇皮拉·苔列娜搞到了一起。弟弟奥雷连诺还小,还不知道爱情的奥秘,他看到哥哥的焦虑,并想跟他一起分忧。有一次他就问哥哥:"你觉得那像是什么呀?"

爱与性对弟弟来说都还太陌生,跟他解释他也不能够理解,所以,只能用比喻。而这又是一句人物的对话,要考虑真实性与生活气息,不能说得太玄乎太文艺。什么"像在深渊里坠落""像一阵电流通过脊椎",这样的喻象都太俗套,都太平庸,都言不及义,都太文绉绉了。

马尔克斯的做法完全超越了人们的想象,哥哥阿卡蒂奥的回答简直让人拍案叫绝:

　　像地震。

爱得地动山摇的震撼性、性与死亡的关联、激情的摧枯拉朽般的力量,一切都在其中。更关键

的是,这句回答那么简洁又那么结实,那么准确又那么具有生活感。所以,无论从对话角度还是从比喻角度,这都是一个罕有的精彩绝伦的叙述案例。

再举一个女主人公乌苏娜与女儿阿玛兰塔之间的对话例子。

在大家准备着霍塞·阿卡蒂奥行装的时候,乌苏娜回想着这些事情。她思忖着自己是不是也干脆躺入墓中,让人家盖上砂土为好。她毫不畏惧地向上帝发问,他是不是真的以为人的身体是铁打的,忍受得了这么多的痛苦和折磨。问着问着,她自己也糊涂起来了。她感到有一种无法抑制的愿望,真想像外乡人那样破口大骂一通,真想有一刻放纵自己去抗争一下。多少次她曾渴望过这一时刻的到来,多少次又由于种种原因产生的逆来顺受而把它推迟了,她恨不得把整整一个世纪以来忍气吞声地压抑在心中的数不尽的污言秽语一下子倾倒出来。

"活见鬼!"她叫了起来。

阿玛兰塔正要把衣服塞进箱子里,

以为母亲被蝎子蜇了一下。

"在哪儿?"阿玛兰塔吃惊地问。

"什么?"

"蝎子呀!"阿玛兰塔解释说。

乌苏娜用一只手指着心口。

"在这里。"她说。

这个案例里两个人之间的对话,那种非逻辑的连接,那种不对应的岔开,那种现场般的生动,使人物的对话显得那么真实、那么自然、那么感人,最后那一句普普通通的"在这里",真的有一种震撼人心,使人瞬间飙泪的力量。

奈保尔在《米格尔大街》里的人物对话也让我印象深刻。我把下面这样的对话看成叙述中的极品。

少年"我"有一次因为贪玩被母亲暴揍了一顿,夜里就来到布莱克·沃兹沃思家。诗人带"我"到公园,两个人一起躺在草地上看天空和星星。可是被一个爱管闲事的警察看见了,警察一边用手电照着我们,一边叱问道:"你们在这儿干什么?"

面对这样的责问,一般人可能会回答"我们躺在这儿数星星",或者"我们就躺着,什么也不干",类似这样的对话当然显得平庸,显得一般,既没有

跃出生活的水平面,也没有超出读者的想象力,更为关键的是,没有彰显出回答者是一位"最伟大的诗人"这一形象。相比之下,奈保尔的话语叙述让人拍案叫绝:

> 布莱克·沃兹沃思回答道:"已经四十年了,我也一直在想这个问题。"

因为所有能够想象的回答都不够劲、不够绝、不够好,所以,奈保尔采用的策略是不回答的回答。看似简单实则绝妙,既有生活的结实感,又有文学的创造性和趣味,还有不可或缺的哲理和诗意,其诙谐背后的那份庄重,几乎赶上了著名的哈姆雷特之问,而且,人物的卓尔不群的个性简直呼之欲出!

这样的小说对话,简直完美。

8.7 对话的方式

对话虽然难写,但还是有一些常用的技巧与方式可供我们学习与借鉴,这些方式是我从诸多作家作品中梳理总结出来的。当然,这只是对话方式中的一小部分,我们还可以去发现和总结更多的对话艺术。

8.7.1　复沓修辞

在生活中,人们说话的时候往往会重复,也会拖沓,一句话会有意无意、颠来倒去地说好几遍。作家常常利用这一点,把那种简单的重复进行艺术加工,改造成艺术的复沓。这种复沓技巧,不再是简单的或机械的重复,重复中必须有精妙的区别和变化,就像音乐中对主旋律回环往复的变奏,可以突出和强调叙述的效果,烘托气氛,从而达到叙述的目的。比如,有两个农民,因淫淫春雨使麦子无法播种,他们心里既焦急又无奈。利用复沓式对话,就可以把这种情绪的复杂和强烈淋漓尽致地表达出来:

"今年春天的天气真够糟糕的。"

"是呵,麦子种不上喽。"

"这算是什么鬼天气啊。"

"毁喽,麦子种不上啦。"

"你说这雨怎么就下个不停呢?"

"麦子是笃定种不上了。"

"哎,这老天爷到底是怎么了。"

"毁喽,毁喽,麦子种不上了……"

　　我记得在《许三观卖血记》中,余华在许玉兰生孩子时不停地喊叫和骂人这一情节中,利用复沓技巧,通过一段简短的叙述,表达了生活的重复和漫长时间的消逝。

　　在《永别了,武器》的结尾处,主人公亨利在遭受战争的痛苦摧残之后,恋人凯瑟琳也因为生产大出血眼看就要死去。面对这生与死、绝望与痛苦的关口,海明威让亨利在与护士的几句对话之后,说出了一大段复沓式的呼告和独白。仿佛是与上帝在对话,这段从内心涌出的话重复冗长,翻来倒去,回环往复,变奏突进,与海明威提倡的冰山理论和惯有的简洁文风几乎背道而驰,就像灵光一现,就像歌剧中荡气回肠的叠唱,就像巴赫《马太受难曲》里的咏叹调,简单、复沓而又辉煌,艺术效果简直好得不能再好:

　　　　我坐在外面的过道里,我内心空空荡荡的,一切都消失了。我没有想。我不能想。我知道她快要死了,我祈求上帝但愿她不会死。别让她死去。啊,上帝,请别让她死去。要是你不让她死去,不论干什么我都愿意为你效劳。请你,请你,请你,亲爱的上帝,千万别让她死

去。亲爱的上帝，别让她死去。请你，请
你，请你千万别让她死去。上帝请你使
她不死。要是你不让她死去，你吩咐我
干什么我都依你。你拿走了孩子可别让
她死。那没关系，可别让她死。请你，请
你，亲爱的上帝，别让她死去。

在《白象似的群山》这篇小说快结束的时候，
海明威故伎重演，在男女主人公渐强的对话语气
中，也写了一句如剑出鞘般的复沓式对白，终于让
女主人公压抑已久的内心情感像山洪一样得以
爆发：

那就请你，请你，求你，求你，求求
你，求求你，千万求求你，不要再讲了，
好吗？

同样，在《弗朗西斯·麦康伯短促的幸福生
活》的结尾处，海明威让玛格丽特·麦康伯一连喊
出八句"别说啦"。而在《杀人者》的对话中，两个
杀手一口一声"聪明小伙子"，反复使用，达二十五
次之多。

8.7.2 空话不空

现实生活中,人们有时候说的话几乎没什么意义,只是一些空话和音节,或者说只是一些口误。当然,弗洛伊德认为口误背后是潜意识在起作用,他的精神分析学说整个理论大厦的基石就是对口误的研究。作家在写对话的时候,也喜欢借用这种空话的形式,当然,作家笔下的空话其实是意味深长的,是有意为之的,这与生活中的空话不可同日而语。

纳博科夫在《文学讲稿》中分析福楼拜的《包法利夫人》时,专门指出福楼拜在叙述方面的这一惯用技巧:福楼拜善于通过在对话中插入似乎无意义的空话来表达某种情感或心理状态。查理的妻子爱玛刚刚自杀死去,郝麦来给他做伴:

郝麦想找点事做,便拿起摆设架上的水瓶,去浇天竺葵。

查理道:"啊!谢谢。你真——"

他哽咽着没有说完,药剂师的举动引起他满头满脑的回忆(这些花原先都是爱玛浇的)。

郝麦心想,谈谈园艺,可以分散分散

他的悲伤，便说："植物需要湿润。"查理低下头来，表示赞成。

郝麦又说："春暖花开的日子眼看又要到了。"

包法利说："哦。"

药剂师无话可说了，轻轻掀开玻璃窗的小布帘。

"看，杜法赦先生过来啦！"

查理活像一架机器，重复他的话道："杜法赦先生过来了。"

空洞的话语，却那么富有表现力。通过这么几句从查理嘴里冒出来的几乎没有任何含义的空话，查理内心的那种悲伤、那种触景生情、那种惘然、那种空洞和失神、那种无魂一样的状况，即那种微妙、丰富、复杂难言的心理，已被表现得活灵活现、真实无比。

8.7.3 话里有话

与空话的无意识和被动不同，话里有话则是有意识的、主动的、故意的，作家把生活中的这种说话方式稍加改变，常常用在小说对话之中，会收到事半功倍的叙述效果。有时候是指桑骂槐，有

时候是言此及彼,有时候则充满了反讽色彩。

海明威的小说对话里,经常使用这种技巧和修辞。比如在《白象似的群山》中,那个女孩第一次提到那些白色的山冈:

> "它们看上去像一群白象。"她说。
>
> "我从来没有见过一头象。"男人把啤酒一饮而尽。
>
> "你是不会见过。"
>
> "我也许见到过的,"男人说,"光凭你说我不会见过,并不说明什么问题。"

当那个女孩说"你是不会见过"时,那个男人当然听出了女孩话里有话,听出了那种略带讥讽的弦外之音,所以他就针对性地进行了自我辩解,可他的辩解显得那么软弱无力,可以让我们感受到那种心虚或不安,他的辩解实际上比沉默更糟糕。

另外,白象是一种奢侈的动物,普通人家不会也不可能去养它,在英语里,白象这个词就有"多余的、没用的"意思。所以,那个女孩把山冈比作白象,也带着话里有话的色彩,似乎在暗指肚子里那个宝贵而又多余的孩子。

8.7.4　自言自语

生活中的人经常会自言自语,作家在写对话的时候自然可以利用这一方式,恰到好处地表达人物的内心状态和外在情景。这样的例子不胜枚举,比如海明威的《老人与海》,写老人一个人在大海上钓鱼,他的寂寞和孤独可想而知,海明威在叙述的时候自然无法写对话。可是,如果漫长的叙述一直是无声静态的话,叙述的活力就会受影响,画面就会显得过于单调、过于压抑。所以海明威就采用了自言自语的方式,让老人不断地和自己说话,和自己的手说话,和海里的鱼说话,和天上的鸟说话,静态的画面就产生了动态的效果,叙述就显得丰富多样,显得很有生机和活力。

"Agua mala(水母)," 老汉说,"你这个婊子。"

"鸟儿,你要乐意,就待在我这儿做客吧," 他说,"这会儿刮小风了,可惜我不能扯起帆来顺风送你上岸去。我这儿还有个朋友呢。"

"鱼啊," 他说,"我喜欢你,佩服你。可是不等今儿天黑,我就要你的命喽。"

"这算什么手,"他说,"你要抽筋只
管抽,抽成只鸟爪子得啦。不会对你有
什么好处。"

"人可不是造出来要给打败的,"他
说,"可以消灭一个人,就是打不垮他。"

我仔细数了一下,这样的自言自语,在整篇小
说中一共出现了一百一十二处。如果没有这些自
言自语,这篇小说的叙事几乎难以完成,更不可能
达到这么好的艺术效果。

8.7.5　故意打岔

与生活中的情形一样,作家在写对话的时候
经常故意打岔。一般的对话都会有因果逻辑,像
对歌、问答,你来我往,意思是连续的、对应的。可
有时候,作家会故意打断这种逻辑链条,取消因果
关联,忽然岔开去,要么是有意回避对方的话题,
要么是故意违拗对方的意思,要么是在挑衅找茬。
两个人的对话就像在两条道上跑的车,你说你的,
我说我的,拧巴、交叉、不契合、不对榫、心思不一
样,或者都心不在焉。这样的对话在形式上挺像
传统戏曲和相声中的插科打诨,能曲尽其妙地表
达人物的心态和情绪的细微变化。

比如在《白象似的群山》中，男女之间关于白象的话题眼看就要谈崩了，那女孩就故意把话岔开了：

"它们看上去像一群白象。"她说。

"我从来没有见过一头象。"男人把啤酒一饮而尽。

"你是不会见过。"

"我也许见到过的，"男人说，"光凭你说我不会见过，并不说明什么问题。"

姑娘看看珠帘子。"他们在上面画了东西，"她说，"那上面写的什么？"

再比如海明威《杀人者》中那个著名的开头，两个杀手说话的时候明显在找茬，气焰嚣张，一听就感觉来者不善：

"你们吃什么？"乔治问他们。

"我不知道。"其中一个说。"你想吃什么，艾尔？"

"我不知道，"艾尔说，"我不知道想吃什么。"

在《许三观卖血记》的开头,余华让许三观和他爷爷两人来了一次无意的打岔式交谈,叙述的效果真叫好、真叫逗。从作者的角度,这次交谈实际上也是故意打岔:

许三观是城里丝厂的送茧工,这一天他回到村里来看望他的爷爷。他爷爷年老以后眼睛昏花,看不见许三观在门口的脸,就把他叫到面前,看了一会儿后问他:

"我儿,你的脸在哪里?"

许三观说:"爷爷,我不是你儿,我是你孙子,我的脸在这里……"

许三观把爷爷的手拿过来,往自己脸上碰了碰,又马上把爷爷的手送了回去。爷爷的手掌就像他们工厂的砂纸。

他爷爷问:"你爹为什么不来看我?"

"我爹早死啦。"

他爷爷点点头,口水从嘴角流了出来,那张嘴就歪起来吸了两下,将口水吸回去了一些,爷爷说:

"我儿,你身子骨结实吗?"

"结实。"许三观说,"爷爷,我不是你

儿……"

他爷爷继续说:"我儿,你也常去卖血?"

许三观摇摇头:"没有,我从来不卖血。"

"我儿……"爷爷说,"你没有卖血,你还说身子骨结实?我儿,你是在骗我。"

"爷爷,你在说些什么?我听不懂。爷爷,你是不是老糊涂了?"

许三观的爷爷摇起了头,许三观说:"爷爷,我不是你儿,我是你的孙子。"

"我儿……"他爷爷说,"你爹不肯听我的话,他看上了城里那个什么花……"

"金花,那是我妈。"

"你爹来对我说,说他到年纪了,他要到城里去和那个什么花结婚,我说你两个哥哥还没有结婚,大的没有把女人娶回来,先让小的去娶,在我们这地方没有这规矩……"

8.7.6 语焉不详

生活中人们说的话并不是每一句都是语意清楚、指向明确的,作家写对话时也常常照办。这种对白可以表达人物内心的犹豫、迟疑、迷惑、回避

等不同状况,《白象似的群山》中,很多对话都有这样的色彩。我们看到男女主人公的那些对话,总是没法弄清他或她究竟要说什么、想说什么,模棱两可、语焉不详、似是而非。有的话既像什么也没说,又像什么都说了,必须联系上下文,根据阅读想象,才能感受到人物内心的那些微妙倾向和暧昧所指。

比如:

"这酒甜丝丝的就像甘草。"姑娘说,一边放下酒杯。

"样样东西都是如此。"

"是的,"姑娘说,"样样东西都甜丝丝的像甘草。特别是一个人盼望了好久的那些东西,简直像艾酒一样。"

8.7.7　反话正说

这种小说的对话方式在生活中也很常见,它可以表达讽刺、幽默、调侃、无奈等诸多情绪。《白象似的群山》结尾处的对话就是最典型的例子:

"你觉得好些了吗?"他问。

"我觉得好极了，"她说，"我又没什
么毛病。我觉得好极了。"

又比如，两个男人看见一个肥胖的女孩：

"你看这身材。"
"是啊，她可真够苗条的。"

8.7.8　正话反说

无论在小说中还是在生活中，这种对话都比
较常见。它可以使对话显得诙谐、俏皮、轻松，有
点像开玩笑，也有点玩世不恭。比如两个男女青
年在草地上打情骂俏：

"你爱我吗？"
"我不爱。"
"你感到幸福吗？"
"不，我很痛苦。"
"你去死吧。"
"我已经死了。"

8.7.9　支支吾吾

我们在生活中也经常会这样，将一句话说得

支离破碎,字句间老出现中断,那是因为说话者或者犹豫不决,或者有难言之隐,或者思绪混乱,也或者欲说还休,因此,说话就变得支支吾吾、断断续续。

作家模拟这种情景,并通过支支吾吾来表达人物的内心状态。所以我们在小说里到处都能看到那种被省略号隔开的对话方式。

8.7.10　黑色幽默

我们在读黑色幽默小说的时候,经常可以读到那种反逻辑的、非理性的对话方式,最后的逆转充满了荒诞色彩,并且富有颠覆意味,既是解构,又是解嘲,这样的对话方式可谓黑色幽默的风格标志:

"你什么时候上厕所的?"

"我没有上厕所。"

"我问你什么时候上的厕所?"

"我没有上厕所呀。"

"我是说你什么时候上的厕所?"

"我不是说了吗,我没有上厕所!"

"你为什么不去?!"

9 叙 述

9.1 文学语言

我们前面在讲小说概念的时候,曾经谈到小说是语言的艺术,是叙述的产物。这一讲,我们要从语言谈起,再来了解一下到底什么是文学语言,叙述究竟又是怎么一回事。

我们都知道,人类发明了语言之后,极大地提高了沟通效率,人与人之间的协调与配合变得极其方便,从而极大地增强了集体的合作,分散的个体凝聚为团队和社会,人类文明从此发生了质的飞跃。《圣经》中的巴别塔寓言,其实正是突出了语言那奇迹般的力量。

语言的功能就是沟通与表达,从表达的内容与形式角度,我们可以把语言的表达分为两大类:一类是修辞学表达,另一类是诗学表达。

9.1.1　修辞学表达

修辞学表达,顾名思义,就是那种符合语法和修辞的语言表达方式。它基本上是日常性、实用性和陈述性的,主要用于日常交流、信息传递、广而告之、订立字据等。我们在生活中与工作中经常使用的就是这样的表达。

合格的修辞学表达应该满足正确、规范、模式化等要求,论文、通知、广告和合同都属于修辞学表达。比如写一个通知,时间、地点、人物、事件等必须正确,内容要完整,形式上要简单规范,要符合公文模式,要让人一看便明白,要让一百个甚至一千个看到该通知的人都有相同的理解和知悉。不仅如此,还不能有语法错误,否则会引起歧义,用词用字要正确,"之上"和"以上"不能搞错,否则意思就大不一样了。写通知不需要想象,不能够夸张,也不需要追求个性化和独创性,如果你把通知写得文采斐然、与众不同,如果你把合同写成一首散文诗、一篇小小说,反而会成为别人的笑柄。在做修辞学表达的时候,语言差不多只是工具性的东西,人们在使用这个工具的时候,是理性的、自信的,也是明确无误的。对修辞学表达而言,抵达简单正确的境地并不太难。

9.1.2　诗学表达

诗学表达则是具有表现性或文学性的,诗学表达也可以叫文学表达。人们运用诗学表达是为了表现内心和情感,是为了表现生命中那些超出日常和实用范畴的富有艺术性和感受性的东西。就如修辞学表达要追求简单和正确一样,诗学表达同样应该追求简洁和准确(故意的复沓和累叠是另外一回事),简洁与语言表达的形式有关,准确与语言表达的效果有关。可我们都知道,内心情感也好,生命感受也好,它们都不是客观明确的,不是板上钉钉的,不是简单静止的,而是微妙、复杂、丰富、动态的。关于心灵,雨果曾这样告诉我们:"世界上最宽广的是大海,比大海更宽广的是天空,比天空还要宽广的是人的心灵。"可见,人类的心灵本身就像一个宇宙,是这个世界上最浩瀚、最复杂的东西,面对心灵和情感,人们常常觉得无以言喻,常常感叹只可意会。尤其是在一些非常的和特殊的时刻,人的内心情感往往变得异常复杂难以把握,人对世界万物的感受和体会也往往繁复无常。余华在谈到心理描写的时候曾说过类似的话:"内心在丰富的时候是无法表达的。"余华的意思是,在这样的时候,普通的、常规的修辞根本不足以表达内心的微妙、复杂和丰富。比如"我很痛苦",这固然简洁,也符合语法,但其实一点也不准确,因为那一刻涌流并存在于内心的情感远不止痛苦一种,可能还有迷惘、失落、懊悔等复杂难言的元素和成分。如果把这些情感成分全部罗列出来,可能会更准确一些,但却啰里啰唆不够简洁了。要么简洁而不准确,要么准确却不简洁,这就开始背离"既简洁又准确"这个语言基本的和内在的标准。我们遇到的差不多是这样一个二律背反的语言难题和困境。

其实,人类一直深陷在语言的两难境地中。一方面,语言就是存在的家园,言说就是交流、显现和证明,人类依赖语言的魔力,信赖缪斯的舌头,人类就像鱼离不开水一样离不开语言;另一方面,人类对语言又充满焦虑和困惑,深感在形式和内容之间、在文字与意象之间、在语言的能指和所指之间,总是存在一道很难跨越的鸿沟,深感"书不尽言,言不尽意",深感"意不称物,文不逮意",以至于只能感叹"常恨言语浅,不如人意深"。正是因为面临这样的语言难题和困境,才会有孔子的"述而不作",才会有庄子的"辩不若默",才会有陶渊明的"缄默诗学"。从古到今,人们一直困惑于语言的歧义和言说的艰难,一直在进行语词和意义的角力或搏斗,并常常陷于沮丧与失望中。人们在使用语言表达的同时,总感到这种表达是不尽如人意的。而当我们在表达心灵和情感的时候,当我们要表达事物的真实和复杂的时候,或者说当我们进行诗学表达的时候,语言的难题和困境无疑越发突出、越发具体了!

怎样化解语言的难题?怎样走出表达的困境?千百年来,古今中外的作家和诗人一直在摸索和探求化解的方式和方法。除了运用诸如暗示、隐喻、空白、静默、反讽甚至能指游戏来化解语言表达的难题和悖论,作家和诗人还经常通过想象和创造,通过超越修辞甚至背离语法的方式,一句话,就是通过拒绝和放弃常规的、固有的修辞学表达的方式,来解决情感表达和心灵表现的难题,抵达事物真实的本质。这样的表达方式,就是真正的诗学表达或优秀的文学表达。

在我看来,当代作家中,余华的语言叙述是最为精准有力的,而他对语言的表达也有理性的思考和敏锐的把握。在《虚伪的作品》一文中,他甚至创造了一种概念:确定的语言和不确定的语言。他认为:"日常语言是消解了个性的大众化语言,一个句式可以唤起所有不同人的相同理解。那是一种确定了的语言,这种语言向我们提供了一个无数次被重复的世界，它强行规定了事物的轮廓和形态……这种语言的句式像一个接一个的路标，总是具有明确的指向。""所谓不确定的语言，并不是对世界的无可奈何，也不是不知所措之后的含糊其辞。事实上它是为了寻求最为真实可信的表达。因为世界并非一目了然，面对事物的纷繁复杂，语言感到无力做出终极判断。为了表达的真实，语言只能冲破常识，寻求一种能够同时呈现多种可能，同时呈现几个层面，并且在语法上能够并置、错位、颠倒、不受语法固有序列束缚的表达方式。"显而易见，余华所说的真实就是心灵意义上的真实，而他指的事物的复杂，当然是生命感受意义上的复杂。不确定的语言正是余华找到的化解表达难题的方式，这样的方式，其实就是真正的诗学表达。

　　我记得昆德拉在《被背叛的遗嘱》一书中，用了整整一章的篇幅，从分析卡夫卡《城堡》里的一段话的不同译法入手，阐述了优秀的文学语言不应该受语法的正确与否所左右，不应该被词汇丰富之类的表面性修辞所引诱，不应该把重复仅仅理解成语法的欠缺。他特别强调，优秀的文学表达追求的不是表面的语法的正确性，而是内在的真实和诗意，是美学效果，也是艺术魅力。

下面,我们就来分析几个诗学表达的案例。

第一:但丁《神曲》。

但丁的《神曲》里有一句:"箭中了目标,离了弦。"为了表达箭的速度,但丁创造性地改变了正常的语序,颠倒了因果关联。在这样的表达中,这支箭的速度无与伦比,即使把字典里全部形容快速的字词堆砌铺排在一块,也没有但丁的表达来得快,但丁的这个诗学表达堪称卓绝。只有蒙太奇镜头可以勉强表现但丁的这支箭:箭早已"咚"的一声射入靶心,镜头切换,那边的弓弦还在颤悠个不停。而在语法学家的眼里,这样的表达显然违反常识,背离修辞,怎么看都是一个病句。

第二:苏童《妻妾成群》。

苏童在那个精炼纯熟得让人赞叹不已的中篇小说《妻妾成群》中,为了表达女主人公颂莲在某一个非常时刻复杂难言的内心情感时,使用了这样一个见所未见的句式:颂莲她整个人便处在"悲哀之下,迷惘之上"。

"之上"与"之下"这样的方位词,语法上只允许用来表达位置、频率、秩序等客观的事物或现象,从来没有人用它来表达情感状态。所以说,它是超越常规,甚至违反修辞习惯的,它属于苏童的想象和创造。颂莲的心情无疑是复杂难言的,用

一般的修辞学表达,用心理描写,大概需要大段的文字才能够勉强为之,可苏童只用了八个字就解决了问题,所以,这样的表达是简洁的。那么效果呢? 也就是说这个表达它准确吗? 答案是:相当准确!

假定人的情感存在一个光谱一样的谱系,那么,苏童的表达就是截取了谱系中悲哀和迷惘两个节点,他的表达事实上就是把这两个节点之间众多复杂微妙的情感元素和成分一网打尽了。这样的表达是一般的修辞学表达所不能比拟的,即使用修辞学表达可以把众多的情感元素和成分一一罗列出来,也赶不上苏童的表达来得全面和准确。因为,人类的情感谱系从原理上说应该是连续的、不间断的,所以,在悲哀和迷惘这个情感区间内任意两个相邻的能用现有修辞学词汇标记出来的情感成分之间,其实还活跃着、潜伏着、隐含着更多样、更细微、更玄妙却没有被人类词汇所标识的情感波动(语言和修辞是有限的,心灵和情感却是无限的。用有限去表现无限,必然会两难,必然是悖论),而苏童的八个字,却把这些难以计数的情感波动也表达无遗了,他那独创性的"不确定"的表达方式超越了语言修辞的有限性。因此,苏童这个独到的表达满足了真正的诗学表达的所有要求和标准：超越语法、有想象力、独创、简洁、准确，而且效果好极了。

如果我们再往深处考量、往细处分析，就会发现，苏童的表达语式里还蕴藏着真正的诗学表达和优秀的文学语言所必不可少的另一个标准或标志，那就是语言的音韵声调和语感节奏，就是福楼拜所说的"音韵铿锵"。根据修辞和语法常识我们知道，在"悲哀之下，迷惘之上"这个语式里，悲哀和迷惘这两种情感状态是被排除在外的，悲哀之下不包括悲哀，迷惘之上也不包括迷惘。可实际情形呢，颂莲那一刻的内心无疑是存在悲哀也存在迷惘的。是苏童考虑不周？是苏童混淆了之下和以下、之上和以上的意思？我认为不是。从语法和语义的准确度上来说，用"悲哀以下，迷惘以上"当然更好、更不容易产生歧义，可问题是，把"之"字换成"以"字，音韵和语感就差很多，就显得疲软沾滞，那种铿锵的节奏和语言力度就没有了。所以，在文学实践和语言叙述中，作家们为了追求音韵和语感，有时候宁愿牺牲一点语义，宁可委屈一下语法。比如，成语"千军万马"，显然不符合实际，实际上应该是"千马万军"，可千军万马读起来多有力度、多有气势啊。再说，千军万马这样的表达不是数学统计，而是文学性的措辞和表达，所

以,我们一般也不会死抠或坐实,而只是把"千"和
"万"理解成很多的意思。

文学语言常常是无法用语法和修辞阐释和硬
抠的,在苏童这个语式中,虽然语法上的确是排除
了悲哀和迷惘,但文学上经常会有反话正意的情
况,废名曾经举过一个例子:"嫦娥无粉黛"这样的
古诗句,明明说嫦娥无粉黛,可在阅读的想象和体
会里,粉黛这个词会给读者一种心理刺激和影响,
当我们在阅读和接受这样的诗句时,我们还是会
觉得嫦娥是有粉黛的。这就是诗学表达的玄妙之
处。同样,苏童的灵感之语"悲哀之下,迷惘之上"
也这样玄妙,我们在阅读理解和想象中,觉得颂莲
既有悲哀,又有迷惘。

可见,真正的诗学表达和优秀的文学语言,常
常是超越语法,背离修辞的,它的玄奥和奇妙,以
及它的创造性魅力,常常是无法用语法和修辞来
分析和阐释的。

第三:迟子建《雾月牛栏》。

迟子建有一篇小说叫《雾月牛栏》,获得过鲁
迅文学奖,写一个弱智的男孩与牛的情感和故事。
小说的结尾是这样的一句话:"卷耳缩着身子,每
走一下就要垂一下头,仿佛在看它的蹄子是否把
阳光给踩黯淡了。"卷耳是一头雾月里出生的小

牛,此前没有走出过牛栏,更没有见过阳光,小说
结束时,雾月过去了,男孩宝坠让小牛离开牛栏来
到院子里。迟子建的叙述准确妥帖而又细腻无
比:因为卷耳从没见过阳光,从来没有到外面溜达
过,还不怎么会走路,颤巍巍的,它走的还不能叫
个步,所以,迟子建没有随手将其写成"每走一
步",而是写成"每走一下"(不要把这个"下"字和
"一字师"或"推敲"之类的典故联想在一起,在我
看来,平常所说的"推敲"也好,"一字师"也罢,都
只是语法范畴内的学究式的甚至有些迂腐的方
式,迟子建的这个"下"字,则与创造和想象有关,
是诗学追求的产物,是心血的结晶和爱的产物。
"推敲"和"一字师"无非同义词辨析之类的工作,
没有什么难度系数,没有什么创造性可言,与迟子
建的这个"下"字不可同日而语)。从语法的角度
看,"每走一下"的"一下",与紧跟其后的"就要垂
一下头"的"一下",出现在同一句话里,有重复啰
唆拖泥带水之嫌,不如"每走一步就要垂一下头"
来得文从字顺。可实际上,"每走一下"与"每走一
步"虽然只差一个字,境界和感觉却差了很多,写
成"一步"仅仅是表达了意思,而且很随意,不费心
血,缺乏对自己所写的事物的体恤和关切,没有体
现出作家的洞察力和想象力,没有那种温馨的感

觉,也没有爱。所以,迟子建宁愿在语法上有一点瑕疵,在音韵上有一点重复啰唆,也决不肯换成"一步"。表面上看,这与苏童那个表达语式对音韵的合理追求和考量相背,可实际上,两个例子放在一起,恰恰触及了一个诗学表达的本质性问题:与一成不变的语法和修辞不同,诗学表达魔法无穷,它追求的是想象与创造、真实与效果。

第四:司马迁《史记》。

钱锺书在《管锥编》里谈到太史公笔法的时候,也举过一些与重复有关的语言例子。如《鲁仲连邹阳列传》里有句话:"鲁仲连曰:'吾始以君为天下贤公子也。吾乃今然后知君非天下贤公子也!'"钱先生借此嘲讽了一下王若虚,说按王若虚的习惯和眼光,弄不好会认为这句话太烦琐、太拖泥带水而且重复沾滞,从而自以为是地将它改成"吾始以君为天下贤公子,今知非也"。在钱先生看来,王若虚也许是一个不错的语法学家,但文学的眼光和境界却很一般,许多太史公笔法(即诗学表达)都被他看成是语病。其实,《史记》里的这句话,看上去有些语法上的瑕疵和修辞上的毛病,实际上却恰到好处地表达了鲁仲连的心情,除了在句末重复了两次语气助词"也",钱锺书先生指出:"'乃今然后'四字乍视尤若堆叠重复,实则曲传踌踌躇迟疑、非所愿而不获已之心思语气。"接着钱先生还提到了《水浒传》里林冲被逼上梁山那个回合里的那句"适堪连类"的话:"王伦至此方才肯教林冲坐第四位。"在这样一句话里,通过"至此""方才""肯教"六字的连续叠用,王伦的小肚鸡肠小人之心,林冲的英雄落魄让人欲哭无泪,都被表现得淋漓尽致了。这种重复累叠的语言和脱出修辞的句式,追求的是艺术的效果,表现的是人物的内心情感,所以是诗学表达;王若虚那样改动,倒是语法简练、修辞清晰,却只表现了信息,仅传达了意思,与内心情感和艺术效果了无关涉,所以是修辞学表达。而在《张释之冯唐列传》里张释之对文帝说了一句著名的话:"今盗宗庙器而族之,有如万分之一假令愚民取长陵一抔土,陛下将何以加其法乎?"钱先生对其的分析切中诗学表达之本质,深得文学语言的要领,堪称精彩:"盗掘本朝先帝陵墓,大逆不敬,罪恶弥天,为臣子者心不敢想而亦口不忍宣也,然而臣姑妄言之,君其妄听之;故'有如'而累以'万分之一'。犹恐冒昧,复益以'假令',拟设之词几如屋上加屋,心之犹豫、口之嗫嚅,即于语气征之,而无待摹状矣。"

9.1.3 文学语言

当然,我们必须明了,文学语言其实也不是每一句都非得惊世骇俗,不是每一句都得是精彩的诗学表达,正如事物和心灵也不是每一刻都那么复杂一样。余华在《虚伪的作品》一文中也承认:"我这样说并非全部排斥语言的路标作用,因为事物并非任何时候都是纷繁复杂的,它也有简单明了的时候。同时我也不想掩饰自己在使用语言时常常力不从心。痛苦、害怕等确定语词我们谁也无法永久逃避。我强调语言的不确定,只是为了尽可能真实地表达。"再说,小说叙述和诗歌很不一样,一首诗歌,每一句都可能是诗学表达(其实,即使在《诗经》的主要修辞中,除了偏向诗学表达的"比"和"兴"外,还有偏向修辞学表达的"赋"),而小说则不可能。因为,小说里一定有陈述性的成分,有过渡和交代,有很多写实的、客观的部分,日常性的、外在的表达也很多,如,"今天早上他六点钟就起床了",既简单又准确,这种时候,就不需要什么想象和创造。也就是说,这样的叙述只需要修辞学表达,而不需要诗学表达。当然,不排除有些特别有艺术个性和创造力的作家,别人只能用修辞学表达的叙述,他也会使用诗学表达。别的作家可能会写"园子里有两棵枣树",这是修辞学表达,而鲁迅却写道:"园子里有两棵树,一棵是枣树,另一棵也是枣树。"鲁迅的表达不仅语式另类,而且文学效果与前面的那种修辞学的普通表达也很不一样,鲁迅的表达,强调了视觉效果,给人的感觉至少像是看了那么两眼,而不是随便的不经意的一瞥,鲁迅想用这种独特的表达突出这两棵枣树,使这两棵枣树成为叙述的重点和中心。不过,即使是鲁迅,在他的小说中,仍然会有大量修辞学表达的语言和叙述。也就是说,文学语言尤其是小说的语言,其实包括诗学表达和修辞表达两种语言成分。

9.2 叙 述

叙述在这里是指作家用文字进行创作的具体工作,更准确点说,是作家运用文学语言完成从生活走向文本的艺术创造过程。叙述既包括作家的语言天赋与表达能力,也包括作家的文学想象力、对细节的刻画能力等等。叙述还涉及语调与语感,涉及语言风格,优秀的作家都拥有属于自己的独特的叙述。我们接下来要谈的,主要是指小说的叙述。

在我看来,如果小说是精神的结晶体,那么叙述就是它的结晶术。小说与其说是构思出来的,还不如说是叙述出来的。

语言是叙述出来的,情节和故事是叙述出来

的,高潮和结尾也是叙述出来的,事前的构思和想法往往被叙述所更改甚至否定。叙述有自己的走向,有自己的起点和终点,恰如河的流淌,以及树的生长。

人物是叙述出来的,人物的血肉之躯是叙述出来的,人物的呼吸和心跳是叙述出来的,人物的个性和灵魂也是叙述出来的。而从作家叙述人物,到人物叙述自己,则是写作进入至境和福地的标志。

风格是叙述出来的。作家叙述时的语气、语调、语感和语体,直接决定并形成作品的形式、品质和风格。卡夫卡和博尔赫斯是最有说服力的例子,每一个优秀的作家都可以成为这方面的例子。

主题思想是叙述出来的。从某种程度上说,每一个细节,每一句话,每一个词,每一个标点,都是有意识、有方向的,都是精神的矢量。

到底什么是文学叙述呢?

"两辆在高速公路上逆向行驶的汽车突然相撞,结果当然是车毁人亡。"这样的叙述其实还算不上真正的文学叙述,因为它只报道了一次车祸,提供了事实或信息,却没有提供文学效果。这样的叙述没有超越生活真实,没有超越人们的惯常想象。从文学效果的角度来说,有了这样的叙述,读者并没有得到什么,没有这样的叙述,读者也并没有失去什么。这样的叙述充其量只是日常的叙述或现实的叙述。大学中文系毕业的学生通常习惯于这样叙述。

"两辆在高速公路上逆向行驶的汽车突然相撞,结果当然是车毁人亡,连旁边那棵树上的麻雀都被悉数震落。"这样的叙述不仅提供生活真实,还提供艺术真实,提供一种独到的观察和体验,它超越了人们的日常想象,带给读者的是一种强烈的文学效果和震撼。这样的叙述才算得上是真正的文学叙述,而作家就应该这样叙述。

叙述是一种技术。这是传统和现代的叙事学分析的出发点。

脱胎于索绪尔语言学的结构主义斩断了作品的文化语境和历史坐标,把目光盯住了文本本身。结构主义叙事学将注意力从文本外部转向文本内部,从内容转向形式,着力探讨的是小说的建构规律和形式技巧,这无疑是一种矫枉过正的理论突变。但一个好的出发点并不能保证研究过程和结果的合目的性,事实上,结构主义叙事学很快也走上了一条荆棘丛生的歧途,从一个极端走向了另一个极端。因为,他们研究的往往是抽象的文本而不是具体的作品;他们的研究突出的是科学性

和系统性而非小说的艺术性;他们甚至企图得出
一种通用的结构或模式,并把千差万别的叙事作
品装进一个通用的模式之筐里。在他们眼里,小
说成了一个由"叙事性""故事""叙述者""隐含作
者""受述者""人称视角""叙述的可靠性和不可靠
性"等变量组成的多元非线性高等方程,而作家则
似乎是一个高等数学专家。结果,他们抓住了小
说的技术性的"人工芝麻",反而丢掉了小说的艺
术性的"天然西瓜"。他们的研究"与其说是较好
地理解作品,倒不如说是使科学的论述趋于完备"
(茨维顿·托多罗夫)。

我觉得,无论是以罗兰·巴特为代表的结构
主义,还是以热拉尔·热奈特、华莱士·马丁、米
克·巴尔等为代表的西方经典叙事学,甚至包括
戴卫·赫尔曼、詹姆斯·费伦、希利斯·米勒等为
代表的后经典叙事学,都是一种文本之后的研究;
而不是文本之前的研究,是对文本的研究,而非对
创作的研究。他们那貌似精密的条分缕析的理性
化研究都忽略了一个最基本的事实:"艺术即直
觉。"(贝涅狄多·克罗齐)他们似乎只记得艺术是
一种形式(或有意味的形式),却遗忘了艺术是一
种有机的浑然天成的形式。因此迄今为止,叙事
学研究不仅不是对叙事艺术水落石出般的彰显,

反而常常是一种自圆其说式的遮蔽,被遮蔽的是叙述的河流般天然的性质,还有叙述后面的原始本真的生命冲动。这样的研究显然并不通向真正的叙述和写作。

毫无疑问,叙述不仅是技术,更是一种艺术。

叙述是一种心理学上的完形性行为,是一种精神的而非物理的能量流或动力学。它与灵感和欲望有关,与想象和记忆有关,与本能和直觉有关,与阅读和训练有关,它与作家的个性气质、语言禀赋、写作经验、生活历练、所处的时代和文化环境,以及价值观和伦理倾向等有关,它也与作家的身高、年龄、性别、出生地、血液浓度和胸腔大小等有关,与作家的童年或婚姻有关,与作家的居所和书桌有关,它还与作家的癖好、疾病、情绪等有关,它甚至与书写的纸张和墨水的颜色有关,与白天和黑夜、季节和气候有关,与星星、潮汐和风中的树叶或青草的气味有关,与叙述时刚巧从窗外飞过的那只鸟有关……在我看来,叙述不仅是语言技巧,还是内心的召唤,是生命的自由状态,是生命的冲动,是艺术的直觉,是超越了任何束缚的幽光狂慧,一句话,在我看来,叙述似乎只能是一个谜。我相信这样的认识并非完全是神秘主义和不可知论,我相信当弗洛伊德把写作看成白日梦的时候,恰恰道出了叙述的内部真相,我也相信,当玛格丽特·杜拉斯说"写作,什么也不是"的时候,并不仅仅是由于偏激。正如庖丁所言:"臣之所好者,道也,进乎技矣。"也就是说,叙述既是语言技术,更是艺术之道。

到底什么样的叙述才是优秀的叙述呢? 这真是很难说清楚的,理性的思考很难触及叙述的真谛,但我们可以尝试着用相对感性的方式来说一下。

比如,好的叙述应该有新意(太阳底下没有新事,所以,叙述必须有新意才行);好的叙述一定得独特,一定得有个性,人云亦云的俗套在文学上没有任何意义;好的叙述应该是情理之中、意料之外,总能给读者带来惊喜("形式主义者"什克诺夫斯基所说的"陌生化");好的叙述一定有味,一定带劲,一定有风致、有招数、有迂回,不能太直接、太"老实",一定有料、一定有趣、一定有想象力……

还是举几个作家的例子吧。

9.2.1 契诃夫

每个热爱文学的人都会有自己格外偏爱的作家,并把这样的作家珍藏在内心深处,只要想到他,心里就会涌起一股暖流。每隔那么一段时间,总会像约会一样把他的小说从书架上拿出来重读一遍。

对我来说,契诃夫就是这样的作家。有时候,我真觉得自己跟契诃夫的关系,比生活中的朋友或亲戚来得熟悉和亲近。我特别喜爱他的中篇小说《草原》,这么多年,已记不清到底读了多少遍。

《草原》的故事其实很简单,就写了一个叫叶果鲁希卡的九岁小男孩,跟随做羊毛生意的舅舅穿过无边的大草原去外地上学的故事。开头不久,叶果鲁希卡坐上那辆"随时会散成一片片"的马车,很不情愿地离开了自己生活的小城。到了郊外,伤心的叶果鲁希卡看到了那个绿色墓园,看到了那些白色的墓碑和十字架,他想起了"一天到晚躺在那儿"的父亲与祖母。这个时候,契诃夫写道:"祖母去世以后,装进狭长的棺材,用两个五戈比的铜板压在她那不肯合起来的眼睛上。"

接下来,我们就读到了契诃夫那简单、准确而又感人至深的,好得不能再好的叙述:

在她去世以前,她是活着的,常从市场上买回来松软的面包……

貌似简单,不动声色,好像没写什么,甚至有幽默的成分,但实际上契诃夫已经写出了这个世界上全部的怜悯与感伤。

"在她去世以前,她是活着的",乍一看几乎就是一句废话,然而这是多么了不起的废话啊,只有伟大的契诃夫才能写出如此卓绝的废话。

9.2.2 巴别尔

早先的时候,还以为斯大林时期的文学家只有高尔基与马雅可夫斯基,后来知道,另有帕斯捷尔纳克、阿赫玛托娃、茨维塔耶娃、曼德尔施塔姆、布尔加科夫、布罗茨基等一群极好的作家。直到二十一世纪,我才晓得还有一个叫巴别尔的"狠角色"。

巴别尔不仅在俄罗斯是个独特的作家,即使在世界范围内,也是个绝无仅有的天才。他的文学个性真让人折服。在《敖德萨的故事》里,他写了一个外号叫"国王"的年轻的土匪头子别亚克。他压根儿没写别亚克脸上有一条刀疤之类,也没写什么黑话或切口,而是写别亚克刚开始的时候到某匪帮向一个独眼的小头目做入伙自荐,小头目就和头头商量这事。头头问独眼龙这个别亚克"能派上什么用场",独眼龙于是讲了自己的意见:

> 别亚克话虽不多，但他的话意味
> 深长。

这句没什么，我们也写得出来。但后一句则堪称惊世骇俗了：

> 他话说得不多，我想看看他还能再
> 说点什么。

在短篇小说《居伊·德·莫泊桑》里，关于语言与叙述，巴别尔写过这样一句话：

> 任何铁器都不如一个放置恰当的句
> 号更有锥心之力。

正是在读到这句话的那一刻，我确信巴别尔是一个精通叙述之道的小说大师。

9.2.3 切萨雷·帕韦塞

差劲的作家的叙述都是相似的，优秀的作家各有各的叙述风格。

切萨雷·帕韦塞，是卡尔维诺偏爱的意大利作家。他是小说家更是诗人，这句话好像也可以

反过来说。国内有翻译出版他的小说代表作《月亮与篝火》,这是一部缅怀过往与故乡的小说,一部叙事风格很别致的小长篇小说。

在帕韦塞飘逸而散淡的叙述中,偶尔会闪现一句如碎金翠玉一般的诗性句子,就仿佛是对你持续阅读的一次犒赏。当然,这诗句是叙事的有机的组成部分,它并不显得跳脱,一点儿也不生硬,只是语感与句式都别样,不像小说里该出现的句子,倒像诗集里的句子不小心跑到了小说中。

小说《月亮与篝火》第三章写外号叫鳗鱼的主人公在异国他乡飘荡,活得有些虚无,有些没着落和无聊。帕韦塞写他"弄了个女孩",写他的生命欲望:"刚走出饭馆的灯光,人们孤单地待在星星之下,在蟋蟀和蟾蜍的一片嘈杂声中,我更想带她到那个村庄,在苹果树下,小树林里,或者干脆就在悬崖上的短草之间,使她倒在那地上,给予星星下的所有嘈杂声一个意义。"这段译文我做了些改动,原译文是:

刚走出饭馆的灯光,人们单独地在星星之下,在蟋蟀与蟾蜍的一片嘈杂声中,我更想带她到那个农村,在苹果树下,小树林里,或者干脆就在悬崖上短短

　　的草之间,使她倒在那地上,给予星星下

　　的所有嘈杂声一个意义。

　　最后闪现的那句话,"给予星星下的所有嘈杂声一个意义",一下子照亮并激活了整段叙述,同时,让紧挨着的那句"使她倒在那地上"不仅不显得粗暴和野蛮,反倒显得独特而别有趣味。这样的诗性句子是帕韦塞卓尔不群的叙述风格的标志,也是读者阅读时特别享受的地方。

　　在小说的第七章,主人公多年后从美国回到故乡意大利,帕韦塞叙述了主人公眼中故乡的果园。我从来没见过一个作家,把夏天收获后空荡荡的果园里的果树写得那么好、那么绝:

　　这些在夏天有着红色或黄色叶子的

　　苹果树、桃树,就是现在还让我流口水,

　　因为树叶就像一个个成熟的果子,人在

　　那下面,感到幸福。

　　怎样的烙印与熟稔,怎样的内心疼痛,怎样的彻骨之爱,才能够让一个作家直接把树叶叙述成果子?怎样的深情至极的眼眸,才能看见树叶中遗存的果子的全部精魂?

9.2.4　川端康成

以文风细腻敏感著称的川端康成,其小说语言清丽而又哀婉,余华曾专门撰文表达过川端康成对他的启蒙与影响。我最喜欢川端康成中年时期写的《雪国》,早期的作品像《伊豆的舞女》好是好,但简单了些,显得不够微妙与丰赡,晚年的作品则有些遁入虚空、有些腻,仿佛只剩下了一颗哀愁的心了。赛义德所说的"晚年写作"不适合川端康成这样的感觉型或自我损耗型作家,川端康成的写作特别依凭那种细致茂盛的生命感觉,这样旺盛的感觉容易被岁月和写作本身所消耗,不可能一直保持到晚年。我记得在《雪国》这部中篇小说里,川端康成写男主人公抚摸久别的情人的乳房,读者正期待着看到什么脸红心跳的段落,川端康成却忽然只简简单单地来了一句:"他的手大了。"笔法何其吝啬,但意蕴何其阔绰! 那只手集聚了浑身的所有触觉,或者说整个生命都变成了那只手,手岂能不大? 这里边没有任何淫秽,有的只是感觉的细致与想象的独步。

9.2.5　鲁迅

简洁与准确差不多是叙述的灵魂了吧。所以契诃夫说:"简洁是才能的姐妹。"冒昧地觉得,契诃夫这句话也许还可以说得更简洁些:"简洁就是才能。"

在中国作家中,鲁迅先生的叙述应该是简洁与准确的典范了。余华曾指出,鲁迅先生在《狂人日记》中,只用了一句话,就把一个人叙述成了疯子:

> 那赵家的狗,何以看我两眼呢?

我们常读到有些小说,写了一万字,笔下的疯子依然比正常人还正常着呢!

汪曾祺也曾指出,鲁迅先生在《故事新编》中的《采薇》,将伯夷、叔齐吃野菜的那种感受写得既简洁又准确:

> 苦……粗……

一般作家可能随手写成"苦涩……粗糙……"。貌似规范和文雅,其实浮皮潦草,言不及义,感觉全无。而鲁迅先生的叙述,常常能缩短能指与所指之间的距离,消弭文字与对象之间的隔膜,从而使简洁的语言与准确的感觉合二为一。

据说鲁迅先生自己最喜欢的小说是《孔乙

己》。他先用两个视觉化的叙述把咸亨酒店的顾客一网打尽：短衣的主顾站着喝，穿长衫的坐着喝。

在此基础上，鲁迅先生再用一句话，就扼要而又精准地描写出了主人公孔乙己这个独一无二的形象：

"孔乙己是站着喝酒而穿长衫的唯一的人。"

多奇怪啊，穿长衫而不坐着喝，站着喝却不穿短衣。这到底是个什么样的主儿呢？

9.2.6 余华

最后再讲一个余华的例子。

余华的叙述不仅像手术刀一样精准犀利，还极具张力与想象力，文字在他手里，真的像一粒粒子弹，总是弹无虚发。哪怕是写一篇游记（大家可参看 2013 年第一期的《收获》），他的叙述也很出彩，绝不会让自己陷入平庸的泥潭。《现实一种》（敢起这样的小说标题，余华当时的创作自信已可见一斑）开头不久，写了一个叫皮皮的孩子在屋里听到"四种雨滴声"：

……雨滴在屋顶上的声音让他感到
是父亲用食指敲打他的脑袋,而滴在树
叶上时仿佛跳跃了几下。另两种声音来
自屋前水泥地和屋后的池塘,和滴进池
塘时清脆的声响相比,来自水泥地的声
音显然沉闷了。

余华的叙述当然不会停留在对四种雨滴声的
按部就班的描述上。他绝不会满足于此,否则他
就不是余华了。他接下来让皮皮说出来的那句
话,才是他叙述的真正目的,正是这一句,体现了
余华的独特的叙述才华,以及他创作的惊人之处:

"现在正下着四场雨。"

10　细　读

10.1　引　言

从生活到文本，从故事到叙述，我们差不多完成了一趟漫长逶迤的小说之旅，作为旅程终点的最后一讲，将结合前面的所有内容，做一次文本解读实践。本讲选择的细读对象是鲁迅先生的《孔乙己》，我们将对这个短篇进行细读与详解示范，我们的细读不仅要以把握小说整体为鹄的，还会紧贴叙述，细致渗透每一句话、每一个字。

《孔乙己》既是白话新文学的开山之作之一，同时也是整个现代文学的巅峰之作，这样的壮举，只有天才如鲁迅者才能做到。现在的年轻人出于这样那样的原因，对鲁迅的认知往往存在偏差，尤其是对其文学造诣与创作才华缺乏必要的了解与领会。本讲的细读将证明，鲁迅先生是精通小说叙事的小说大师，而《孔乙己》则是真正

的经典之作,每一句话、每一个字都经得起推敲
与细读。

10.2　细　读

　　　鲁镇的酒店的格局,是和别处不同
的:都是当街一个曲尺形的大柜台,柜里
面预备着热水,可以随时温酒。做工的
人,傍午傍晚散了工,每每花四文铜钱,
买一碗酒,——这是二十多年前的事,现
在每碗要涨到十文,——靠柜外站着,热
热的喝了休息;倘肯多花一文,便可以买
一碟盐煮笋,或者茴香豆,做下酒物了,
如果出到十几文,那就能买一样荤菜,但
这些顾客,多是短衣帮,大抵没有这样阔
绰。只有穿长衫的,才踱进店面隔壁的
房子里,要酒要菜,慢慢地坐喝。

"鲁镇的酒店的格局,是和别处不同的。"开
头第一句话看似平淡自然,自然得就像微风起于
青蘋之末,甚至就像生活本身。可实际上,这个
小说开头不同凡响、不可小觑。它营造了让叙事
兀然起飞之态势,让叙事的开端拥有了不可或缺
的悬念与带入感(酒店与酒总是很靠向文学与叙

事,不是吗? 换成粮店就不一定有这种效果),它给予读者往下阅读的张力与理由:鲁镇的酒店的格局,真的与别处不同吗? 到底有什么特别的地方呢? 细细品读不难发现鲁迅先生语感之沉着、镇定,暗含着一股不动声色却举重若轻的自信,仿佛武侠高手出招时的功力之深厚与呼吸之平稳。当然,这个开头还锚定了这篇小说的叙事空间:鲁镇某酒店。这个叙事空间很小,它不仅是狭小的小,更是小说的小,小得刚好与两千五百多字的篇幅相匹配。

　　紧接着,鲁迅先生只用一句话就交代了鲁镇酒店与众不同的格局:"都是当街一个曲尺形的大柜台,柜里面预备着热水,可以随时温酒。"这句叙述既回答了读者可能会有的疑问,又描述了叙事的具象化场景,而且这个格局与场景吻合了叙述者的身份——酒店小伙计。往下阅读可以发现,这篇小说有一个明显的特点,即叙述者的视角仅以鲁镇酒店这方寸之地为限,自始至终都没有跳出这个简单到沉闷的"格局"。视角以外的部分,或者用酒客们的话语来补足,或者干脆留白。所以,酒店的格局实际上也是小说叙事的格局和人物命运的格局,而且这个格局贯穿始终。"当街一个曲尺形的大柜台"这个视觉形象是酒店格局的主要表征,读者不难联想到钝重、呆板、局限、沉闷、隔阂等等,自有一种画地为牢的禁锢意味。

"这是二十年前的事。"这一句点明了这篇小说是回忆性文本。从某种程度上说,任何小说都是回忆性的,因为故事就是过往之事,而小说就是回忆加上想象。开头有意识地对时间与回忆的强调,也与结尾遥相呼应,从而形成了叙事的框架与结构。

"短衣帮""站着"喝,"穿长衫的""慢慢地坐喝"。鲁迅先生用两种鲜明的迥然不同的形象把酒店的顾客一网打尽。鲁迅先生没有说穷人站着喝,有钱人坐着喝,因为穷人富人只是抽象的概念罗列与泛泛的意思交代,而"短衣帮"与"穿长衫的"则是形象叙事。鲁迅先生深知小说叙述的精髓是形象叙事,因为概念与意思更多地作用于读者的大脑和神经,唤起的是一种逻辑思维和判断,而形象则具有一种直接进入读者内心的效果和力量,唤起的是一种共鸣。概念罗列往往唠唠叨叨缠夹不清,吃力不讨好,而形象叙事则简约而有力,如在眼前,意在象外,供人想象和回味。当然,对"短衣帮"与"穿长衫的"这两种形象的摹写,也为主人公孔乙己的出场做了必不可少的铺垫与准备。

在文字运用上,从"倘"到"如果",假设程度与语感由轻及重,有细微的逻辑的推进。此外,这一段出现的多个数字,"四文""十文""一文""十六文",除了显示了叙述者酒店伙计的职业身份,也体现了鲁迅先生对叙述之具体性与精准性的追求。

> 我从十二岁起,便在镇口的咸亨酒店里当伙计,掌柜说,样子太傻,怕侍候不了长衫主顾,就在外面做点事罢。外面的短衣主顾,虽然容易说话,但唠唠叨叨缠夹不清的也很不少。他们往往要亲眼看着黄酒从坛子里舀出,看过壶子底里有水没有,又亲看将壶子放在热水里,然后放心:在这严重监督下,羼水也很为难。所以过了几天,掌柜又说我干不了这事。幸亏荐头的情面大,辞退不得,便改为专管温酒的一种无聊职务了。
>
> 我从此便整天的站在柜台里,专管我的职务。虽然没有什么失职,但总觉得有些单调,有些无聊。掌柜是一副凶脸孔,主顾也没有好声气,教人活泼不

得;只有孔乙己到店,才可以笑几声,所以至今还记得。

精通现代小说叙事精髓的鲁迅(在创作小说之前,鲁迅先生已经翻译过许多优秀的外国小说;他著过一部《中国小说史略》,对本国的叙事历史与语言艺术当然更了如指掌),给这篇小说设立了一个叙述者"我"(当然不是作者本人),确立了第一人称视角,这个"我"是一名在场者,是看客中的一个,从而保证了叙事的客观性与现场感。

"我"的回忆与讲述无喟而又冷漠,几乎不带任何感情色彩。这样一种语调与口吻,与"我"所处的环境格局与生活氛围恰恰一致。比如它的等级森严:站着的"短衣帮"与坐着的"穿长衫的"隔着柜台,泾渭分明。它的人情世故:"幸亏荐头的情面大,辞退不得。"它的互相憎恶:"掌柜是一副凶脸孔,主顾也没有好声气。"它的尔虞我诈:掌柜和伙计千方百计地往酒里羼水,而短衣主顾们严格监督处处设防("往往要亲眼看着黄酒从坛子里舀出,看过壶子底里有水没有,又亲看将壶子放在热水里,然后放心")。而主顾们又拿什么来回报掌柜呢? 这里没有明说,而结合下文中"但他(孔乙己)在我们店里,品行却比别人都好,就是从不拖欠",不难推想酒客们赊欠赖账的泼皮行径。鲁迅先生只用寥寥数语,就为我们勾勒了一个阴暗而又压抑的场域(让我们想起"黑屋"意象)。这篇小说的成功之处不仅在于塑造了孔乙己这个悲剧形象,还在于描摹了"我"这个冷漠的看客的内心状态("我"如果是作者本人,自然不可能也不可以如此冷漠)。

"只有孔乙己到店,才可以笑几声,所以至今还记得。"行文至第三段,主人公孔乙己的名字终于出现,鲁迅真是沉得住气。这句不经意似的叙述,暗示了孔乙己是文学理论中的"这一个",他与其他酒客不同,他是个异样的惹人发笑的人,他的形象一下子就逸出了沉闷的环境与压抑的氛围,像个"零余者",像个局外人,也像戏曲中唯一的丑角。

因为"至今还记得",所以,接下来的回忆与叙述才水到渠成,自然而然,体现了鲁迅先生超强的叙事逻辑与掌控能力。

　　孔乙己是站着喝酒而穿长衫的唯一的人。他身材很高大;青白脸色,皱纹间时常夹些伤痕;一部乱蓬蓬的花白的胡子。穿的虽然是长衫,可是又脏又破,似乎十多年没有补,也没有洗。他对人说话,总是满口之乎者也,叫人半懂不懂的。因为他姓孔,别人便从描红纸上的"上大人孔乙己"这半懂不懂的话里,替他取下一个绰号,叫作孔乙己。孔乙己一到店,所有喝酒的人便都看着他笑,有的叫道,"孔乙己,你脸上又添上新伤疤了!"他不回答,对柜里说,"温两碗酒,要一碟茴香豆。"便排出九文大钱。他们又故意的高声嚷道,"你一定又偷了人家的东西了!"孔乙己睁大眼睛说,"你怎么这样凭空污人清白……""什么清白?我前天亲眼见你偷了何家的书,吊着打。"孔乙己便涨红了脸,额上的青筋条条绽出,争辩道,"窃书不能算偷……窃书!……读书人的事,能算偷么?"接连便是难懂的话,什么"君子固穷",什么"者乎"之类,引得众人都哄笑起来:店内外充满了快活的空气。

这一段基本上是叙述者"我"的回忆与直接叙述。写的差不多都是所见所闻。毫无疑问,对视

觉与听觉的感官化叙述,对现场感的追求,体现的
是作家的叙事经验与技巧。

"孔乙己是站着喝酒而穿长衫的唯一的人。"
穿长衫而不坐着喝,站着喝却不穿短衫,这是个多
么奇怪而又矛盾的形象和角色。孔乙己甫一出
现,就颠覆了由站着的"短衣帮"和坐着的"穿长衫
的"构成的视觉定律与常规,这个独特的形象一下
子就撞进了我们的视野,抓住了阅读者的眼球。
怎样让笔下的主人公出场并亮相?怎样用尽可能
节省的文字塑造独特的人物形象?鲁迅先生在这
儿为我们树立了一个写作的典范。

"他身材很高大",人世的苦难之箭镞特别容
易击中这样高大的目标不是吗?请记住孔乙己高
大的身材,这对后面的悲剧性高潮的出现极为重
要,不可或缺。

叙述者"我"还看见了孔乙己的"青白脸色"
"皱纹""伤痕",以及"一部乱蓬蓬的花白胡子"。
这些符号构成的是一个被欺凌、被伤害的人物肖
像,这个人物不幸到了不堪的程度。

"穿的虽然是长衫,可是又脏又破,似乎十多
年都没有补,也没有洗。"长衫本来是一个非体力
劳动者的身份标志,这样的身份要高出一般做工
者或农民。可又脏又破,似乎十多年没补没洗的

长衫俨然是一个古怪到简直可笑的标识,其可笑程度恰与孔乙己这个人一致。穿着这样长衫的孔乙己,其生存境况实际上比穿短衫的做工者要悲惨得多。

"他对人说话,总是满口之乎者也,叫人半懂不懂的。"孔乙己的说话方式说明他读过书,算是一个旧知识分子。不一定是个书呆子,但有些迂腐是肯定的。

"因为他姓孔,别人便从描红纸上的'上大人孔乙己'这半懂不懂的话里,替他取下一个绰号,叫作孔乙己。"这几句其实不是叙述,而是讲述或转述,告知读者,"孔乙己"原来只是个绰号。这个绰号似乎对儒家的那位圣人有所影射,却又有那么自然的来历,极符合人物的个性与身份,取这个绰号一定费了鲁迅先生不少心力。名如其人,作家对笔下人物的名字的重视不会亚于给自己儿子取名,因为读者最初正是通过名字感性地认识人物。比如武松,多棒的名字,一看就是个顶天立地的英雄,叫武杨差不多就歇菜了,成了一个白面书生。我想,鲁迅先生应该是颇得意于"孔乙己"这个妙手偶得的绰号的,以至于将它作为小说的名字。在鲁迅的小说中,以人物之名作为小说之名的,这是唯一的一篇。

　　"孔乙己一到店,所有喝酒的人便都看着他笑,有的叫道,'孔乙己,你脸上又添上新伤疤了!'他不回答,对柜里说,'温两碗酒,要一碟茴香豆。'便排出九文大钱。"

　　重新返回第一人称视角下的直接叙述。孔乙己一到店,喝酒的人便都看着他笑,这是小说叙述中的第二个笑字,这篇小说写了很多次笑,笑的总是那些顾客,被笑的永远是孔乙己。一定要记住的是,孔乙己自己从来没有笑过,一次也没有! 也许悲惨生涯与坎坷命运早已经让孔乙己笑不出来了。有的顾客笑过之后就对孔乙己叫道:"你脸上又添上新伤疤了!"(可见常有旧伤疤)面对顾客的笑声与叫声,面对伤疤的话题,孔乙己大概已经习惯和厌倦了,"他不回答",可能也不在乎,而是转而对柜里说:"温两碗酒,要一碟茴香豆。"声音也许不大,但还算有底气,一下子就要了两碗,还要了一碟茴香豆,除了说明孔乙己爱喝酒,也说明他那时景况还不是很惨,还没有像后来那样跌入生存的低谷。接下来,鲁迅先生叙述了一个饶有意味的细节:"便排出九文大钱。"九文钱在一般人看来是小钱,但对孔乙己而言却是大钱,既然是大钱,当然需要"排出"! 我相信鲁迅先生推敲再三才决定使用这个"排"字,这个故意似的"排"字,在小说后面的叙述中,还有镜像对称一样的叙事作用。

顾客们当然不会轻易放过孔乙己,也不肯错过任何一次取笑别人娱乐自己的机会。见孔乙己不回答,见他顾自要酒要茴香豆,"他们又故意的高声嚷道,'你一定又偷了人家的东西了!'孔乙己睁大眼睛说,'你怎么这样凭空污人清白……'"。与说他脸上有新伤疤不同,说他偷人家的东西可是一项指控,所以孔乙己必须反驳一下,但他的反驳很虚泛,又很无力。"怎么""这样""凭空""污人清白",这样的反驳其实还不如沉默。

见孔乙己居然还反驳,顾客们便变本加厉:"什么清白?我前天亲眼见你偷了何家的书,吊着打。"如果说前面的"偷东西"是一种泛指,那么这里的"偷书"而且是偷何家的书,就是有根有据确凿无疑的指控了,顾客们甚至指出了偷书的时间"前天"及后果"吊着打",真是人证物证一应俱全,哪还有辩解的余地?鲁迅先生先叙述了孔乙己的本能反应是"便涨红了脸,额上的青筋条条绽出",这样的反应当然不是由于遭受冤屈,而是因为糗事被揭穿后的难堪。即便如此退无可退,孔乙己依旧要继续"争辩"(可见孔乙己骨子里真是一个要面子的人,如果换成一个泼皮无赖,他才不在乎别人的议论和指控呢,他可能反而以此为荣也说不定):"窃书不能算偷……窃书!……读书人的事,能算偷么?"

这可能是一个多个世纪以来中国文学中的最佳争辩了吧!鲁迅先生真绝啊!孔乙己先是在"窃"与"偷"之间做了一次巧妙至极的偷梁换柱,然后,强调了所窃的对象是"书"!继而把"窃书"暗度陈仓地转换为名正言顺的"读书人的事"!而且这样的话语方式多么吻合一个读过书的迂腐知识分子的形象啊。

可如果争辩行为到此为止就不好,至少不够好,因为连孔乙己自己大概也明白,他这哪是在争论和辩解,他能做的唯有抵赖和狡辩。所以鲁迅先生补充了以下叙述:"接连便是难懂的话,什么'君子固穷',什么'者乎'之类,引得众人都哄笑起来:店内外充满了快活的空气。"

很显然,在鲁迅先生的叙述中,"指控"与"争辩"都只是话语游戏与手段,真正的目的只有一个:描摹并突出孔乙己的难堪与尴尬,以及顾客的无聊与哄笑(第三个笑)。

听人家背地里谈论,孔乙己原来也读过书,但终于没有进学,又不会营生;

于是愈过愈穷,弄到将要讨饭了。幸而写得一笔好字,便替人家抄抄书,换一碗饭吃。可惜他又有一样坏脾气,便是好喝懒做。坐不到几天,便连人和书籍纸张笔砚,一齐失踪。如是几次,叫他抄书的人也没有了。孔乙己没有法,便免不了偶然做些偷窃的事。但他在我们店里,品行却比别人都好,就是从不拖欠;虽然间或没有现钱,暂时记在粉板上,但不出一月,定然还清,从粉板上拭去了孔乙己的名字。

经过上一段的直击式叙述,喘口气休息一会,转入间接的转述或综述("听人家背地里谈论")。除了简单交代孔乙己的身世与经历,"坐实"了顾客们先前对孔乙己的"指控",主要就是强调了孔乙己"从不拖欠"酒钱的习惯。孔乙己这一习惯,在小说的结构与形式上,为后面的叙事埋下了伏笔;在小说的内涵上,突出了孔乙己与众不同的地方,他毕竟是个读书人,要面子、虚荣,对他而言名字总被挂在粉板上可不好看⋯⋯换一个地痞流氓,偷都偷得,欠点酒钱又有什么呢?!

记得叶圣陶老先生谈到《孔乙己》的时候指

出:孔乙己虽然颓唐,但绝对不是一个小混混或乡村泼皮,否则写他就没有什么意义了。真乃行家的眼光。

的确,在这个世界上,小混混数不胜数,而孔乙己只有一个。

孔乙己喝过半碗酒,涨红的脸色渐渐复了原,旁人便又问道,"孔乙己,你当真认识字么?"孔乙己看着问他的人,显出不屑置辩的神气。他们便接着说道,"你怎的连半个秀才也捞不到呢?"孔乙己立刻显出颓唐不安模样,脸上笼上了一层灰色,嘴里说些话;这回可是全是之乎者也之类,一些不懂了。在这时候,众人也都哄笑起来:店内外充满了快活的空气。

夹进一段补充与转述后,重新回到现场直播式的叙述。

喝过半碗黄酒,孔乙己先前的难堪与涨红的脸色好不容易渐渐复了原。可是旁人却并不肯就此放过他。这一次,是诘难孔乙己的读书人身份。

"孔乙己,你当真认识字么?"这一问其实是挑起话题,逗引孔乙己上钩。对此,孔乙己的反应是"不屑置辩"。

"他们便接着说道,'你怎的连半个秀才也捞不到呢?'"这才是顾客们真正想说的,如果前一句是引子,那么这一句才是正文。"半个秀才"也"捞不到",口吻虽然既庸俗又功利,却一下子抓住了孔乙己的命脉,抓住了他生存之全部软肋,孔乙己的生命悲剧正源于此。所以,孔乙己的反应甚至超过了前面对于偷窃的指控:"立刻显出颓唐不安模样,脸上笼上了一层灰色。"可怜他刚刚褪去涨红的脸色,又变成了灰色;可怜他说不出一句整话,只能吐出一些完全无意义的音节。而这正是顾客们等待与期望的结果:"在这时候,众人也都哄笑起来:店内外充满了快活的空气。"这里出现的已经是第四个笑字了。在句式上,几乎是对前面出现过的句子的重复,就像一种单调却没完没了的折磨,就像命运不可避免的复沓。

> 在这些时候,我可以附和着笑,掌柜是决不责备的。而且掌柜见了孔乙己,也每每这样问他,引人发笑。孔乙己自己知道不能和他们谈天,便只好向孩子说话。有一回对我说道,"你读过书么?"

我略略点一点头。他说,"读过书,……我便考你一考。茴香豆的茴字,怎样写的?"我想,讨饭一样的人,也配考我么?便回过脸去,不再理会。孔乙己等了许久,很恳切的说道,"不能写罢?……我教给你,记着!这些字应该记着。将来做掌柜的时候,写账要用。"我暗想我和掌柜的等级还很远呢,而且我们掌柜也从不将茴香豆上账;又好笑,又不耐烦,懒懒的答他道,"谁要你教,不是草头底下一个来回的回字么?"孔乙己显出极高兴的样子,将两个指头的长指甲敲着柜台,点头说,"对呀对呀!……回字有四样写法,你知道么?"我愈不耐烦了,努着嘴走远。孔乙己刚用指甲蘸了酒,想在柜上写字,见我毫不热心,便又叹一口气,显出极惋惜的样子。

这段叙述的直接性在于,它描写的是"我"与孔乙己之间的近距离接触与对话。它体现的是作为看客的"我"对孔乙己的态度。所谓叙述视角,其实是对叙述者与故事之间距离远近的控制,通过这样的控制关系掌控叙述的效果与节奏。在这篇短短的小说里,鲁迅先生不断地调整这种距离,灵活自如地掌控着叙事的节奏,直接叙述与间接转述之间的变换几乎天衣无缝。在这个段落中,借助"有一回"三个字一下子就把叙述距离拉近了,形成一种特写的、直播的效果。

"孔乙己自己知道不能和他们谈天,便只好向孩子说话。"但孔乙己不知道的是,"我"其实已经不是个孩子,已经耳濡目染并深受成人世界的影响,酒客们对孔乙己的态度与举止,"我"都看在眼里,这当然直接决定了"我"对孔乙己的态度。

"有一回对我说道,'你读过书么?'"这是小说叙事进行到这儿,孔乙己第一次主动与人说话,但"我"只是"略略点一点头",只用略略两字便写出"我"对孔乙己的全部冷漠与不屑。孔乙己当然不可能没有感觉到"我"的冷淡,一方面,总被取笑的孔乙己当然也有与人交流的强烈欲望,另一方面,他觉得"我"毕竟是读过书的人,谈谈与读书有关的事,是他的兴趣也是他的强项,因此是体现他的存在感的机会。所以,他千方百计掏心掏肺地想继续与"我"交谈,想与我谈谈"茴"字的四种写法。可"我"的态度却越来越不耐烦,越来越鄙夷。这段读下来,"我"对孔乙己的态度真让人心寒甚至

心痛,其程度几乎不亚于酒客们对孔乙己的嘲弄
与取笑。

看到"我"努着嘴走远,孔乙己虽然已经用指
甲蘸了酒,到底没有在柜台上写出"茴"字的四种
写法。叶圣陶老先生曾对此指出,鲁迅先生如果
让孔乙己把四种写法都写出来,反而没意思了。
这当然对,没写出来固然由"我"的态度所导致,但
其实也是营造小说叙述引而不发的艺术效果的需
要。叙述毕竟不能太实诚,太满当,不能太拘泥,
要追求留白与超然之妙。

另外,与"我"对孔乙己的冷漠相反,孔乙己对
"我"的热忱与恳切之情特别让我唏嘘感叹。"我"
这么明显地讨厌和嫌弃孔乙己(就是俗语说的"热
脸对冷屁股"),但孔乙己只是认为"我不热心",并
为此惋惜。这除了说明孔乙己有些迟钝、有些迂
腐,我想,也说明了他的与人为善和宅心仁厚吧。

有几回,邻舍孩子听得笑声,也赶热
闹,围住了孔乙己。他便给他们茴香豆
吃,一人一颗。孩子吃完豆,仍然不散,
眼睛都望着碟子。孔乙己着了慌,伸开
五指将碟子罩住,弯腰下去说道,"不多
了,我已经不多了。"直起身又看一看

豆，自己摇头说，"不多不多！多乎哉？
不多也。"于是这一群孩子都在笑声里
走散了。

这一段"旁逸斜出"的叙述，就像阴雨天的一
缕阳光，就像寒冬里的一丝暖意。"有几回"三个
字很有意思，"几"字的笼统与"回"字的具体，形成
的是不远不近的叙事焦距。从视角与形式上看，
依然可以认为是"我"之所见，但从语气语感来看，
它几乎不像是"我"的叙述，不像是"我"的眼睛看
到的场面，倒像是鲁迅先生自己亲眼看到的一样：
那么形象，那么细致，那么生动。它让我们感到的
是，孔乙己虽然不免有些迂腐，但其实他也是一个
有情趣的人，如果生存环境不那么逼仄，如果命运
不那么残酷，如果条件允许，孔乙己甚至可能是一
个幽默而快乐的人。"不多不多！多乎哉？不多
也。"这句仿文言的自问自答，绝对算得上新文学
历史中最著名、最有趣的人物话语。这一段叙述，
让整篇小说不至于完全被阴冷的气氛所笼罩，让
人世的暖意和阳光也掠过孔乙己荒凉的头顶与悲
惨的人生。除了显出鲁迅先生叙述的多样性与灵
动性，也流露出鲁迅先生内心深处对孔乙己的同
情与怜悯。

茫茫人世，芸芸众生，唯小孩还天真，还与阳光有关。所以，鲁迅先生才会发出"救救孩子"的呼声。

稍加留意便不难发现，这一段叙述结尾出现的那个"笑"字，是整篇小说唯一的健康快乐的笑，唯一充满正能量的弥足珍贵的能滋养生命的那种笑。

　　孔乙己是这样的使人快活，可是没有他，别人也便这么过。

然而阳光与暖意在孔乙己的生命里毕竟只是插曲，主旋律当然是寒冷与悲剧。这一句话的段落构成了叙述中恰到好处的冷暖过渡。这一句话，也应该看成是作者的而不是叙述者的话。

"快活"两字兼具双重含义，既有前面弥漫在毒性的"快活的空气"里的那种无聊的快活，又包含了刚刚跟孩子们的笑声有关的真正的快活。

"可是没有他，别人也便这么过。"这一句话写出孔乙己近于虚无的存在感，写出了他生命的悲剧底色。叶圣陶老先生曾指出，这一句是整篇小说的文眼或主题，我以为然。

有一天，大约是中秋前的两三天，掌柜正在慢慢的结账，取下粉板，忽然说，"孔乙己长久没有来了。还欠十九个钱呢！"我才也觉得他的确长久没有来了。一个喝酒的人说道，"他怎么会来？……他打折了腿了。"掌柜说，"哦！""他总仍旧是偷。这一回，是自己发昏，竟偷到丁举人家里去了。他家的东西，偷得的么？""后来怎么样？""怎么样？先写服辩，后来是打，打了大半夜，再打折了腿。""后来呢？""后来打折了腿了。""打折了怎样呢？""怎样？……谁晓得？许是死了。"掌柜也不再问，仍然慢慢的算他的账。

借助"有一天"这个特别有带入感与现场感的时间用语，便再度回到"我"的所见所闻与客观性叙述中。

这一段叙述主要提供了两个重要信息：一是，孔乙己欠酒店"十九个钱"；二是，孔乙己"被打折了腿"。这两个信息，都是重要的铺垫，后面都要用到。

我们来欣赏一下鲁迅先生对第二个信息的叙

述与处理。用耳闻代替眼见,自然简省而方便,但鲁迅先生为什么要重复四次"打折了腿"呢?这是特别关键的地方,它与小说的故事性有关,与小说叙事的偶然机制有关,我想展开阐释一下。

我们前面已经谈过,小说是偶然性的艺术,没有偶然就没有小说。鲁迅先生的《孔乙己》,看上去的确像一篇轻盈简约几乎没有什么故事悬念和情节起伏的散文般的小说,乍一看,一切都散淡、正常而又必然。可我认为,鲁迅先生在叙述的过程中,无疑也省察和考虑到了偶然性的艺术功能和力量(虽然叙述起来不动声色不露痕迹)。孔乙己居然敢偷到丁举人家去,被毒打一顿是必然的,被吊着打也完全可能,可一定会被打折腿吗?难道就不会是打断了胳膊?(按照因果逻辑和常理,被称为"三只手"的小偷被抓住之后,被人打断的倒更可能是他的手或胳膊,况且,与腿相比,胳膊无疑也更易被打断。为什么偏偏打折了腿?是那个操棍子的家丁那天晚上多喝了几口绍兴老酒?)从生活的角度,到底打不打折,到底打折腿还是打折胳膊,并没有多大的区别,可在这篇小说中,鲁迅却必须想象或构思一种艺术的偶然性,也就是说,必须让孔乙己的腿而不是胳膊被打折。因为,如果是被打折了胳膊的话,孔乙己后来大概就只能是用草绳吊着膀子,晃里晃荡地走到咸亨酒店的曲尺形柜台前,而不是垫着蒲团用手爬着来。如果真是这样,这篇精简绝伦的小说如何得以成立? 又如何走向高潮?

或者说,打折了手的孔乙己虽然也是悲剧形象,但这样的悲剧却缺少那种必不可少的艺术震撼性和充足的控诉性。悲剧本身并不一定通向文学,只有震撼心灵的悲剧才能够构成文学。

所以,精通现代小说叙事艺术的鲁迅先生一定会利用偶然性所导致的文学可能性,让孔乙己被打折腿! 鲁迅先生在写作的时候一定心知肚明,打折了腿只是艺术的偶然而未必是生活的必然,因此,在虚构的时候或在叙述的过程中,鲁迅先生故意做了多次暗示或铺垫,重复并强调了四次"打折":

"打折了腿了。""后来怎么样?""怎么样? 先写服辩,后来是打,打了大半夜,再打折了腿。""后来呢?""后来打折了腿了。""打折了怎样呢?"

情况差不多就是这样,鲁迅先生正是通过叙事艺术中的偶然性机制,通过合情合理的想象与精准的叙述,让孔乙己最终成了一个用手走路的人,成了一个在地上爬行的"怪物",成了二十世纪中国文学中最震撼人心、最有控诉性的人物形象。

中秋过后，秋风是一天凉比一天，看
看将近初冬；我整天的靠着火，也须穿上
棉袄了。一天的下半天，没有一个顾客，
我正合了眼坐着。忽然间听得一个声
音，"温一碗酒。"这声音虽然极低，却很
耳熟。看时又全没有人。站起来向外一
望，那孔乙己便在柜台下对了门槛坐着。
他脸上黑而且瘦，已经不成样子；穿一件
破夹袄，盘着两腿，下面垫一个蒲包，用
草绳在肩上挂住；见了我，又说道，"温一
碗酒。"掌柜也伸出头去，一面说，"孔乙
己么？ 你还欠十九个钱呢！"孔乙己很颓
唐的仰面答道，"这……下回还清罢。这
一回是现钱，酒要好。"掌柜仍然同平常
一样，笑着对他说，"孔乙己，你又偷了东
西了！"但他这回却不十分分辩，单说了
一句"不要取笑！""取笑？ 要是不偷，怎
么会打断腿？"孔乙己低声说道，"跌断，
跌，跌……"他的眼色，很像恳求掌柜，不
要再提。此时已经聚集了几个人，便和
掌柜都笑了。我温了酒，端出去，放在门
槛上。他从破衣袋里摸出四文大钱，放
在我手里，见他满手是泥，原来他便用这

手走来的。不一会,他喝完酒,便又在旁
人的说笑声中,坐着用这手慢慢走去了。

这一段无疑是小说的高潮,原本穿长衫的高
大的孔乙己,终于被摧残为一个穿一件破夹袄用
手走路只能在地上爬的"怪物"!前一段只是话语
转述,这一段则是现场叙述。我记得余华曾经谈
到过这段叙述:小伙计先听到耳熟的声音,却看不
到人,走到柜台边才看到地上的孔乙己。我觉得
这样的叙述固然准确,却也没有很多特别的地方。
倒是"那孔乙己"的"那"字堪称一绝,表明现在的
孔乙己已经不是原来的孔乙己,"那孔乙己"几乎
有一种动物性的"它"的意味。

在这一段叙述中,我认为最值得欣赏的是鲁
迅先生创造的一个细节,这个细节很小,很不起
眼,一般读者可能看不出它是一个重要的细节,所
以至今没见到有人谈起过它。可在我看来,这个
细节就像叙述中的一颗钻石,蕴藏在孔乙己回答
掌柜的那句话里。

当掌柜提醒孔乙己"还欠十九个钱呢"(孔乙
己已经"不成样子",但掌柜并没有表现出任何的
关心或怜悯,连假装一下都没有,真让人心寒),鲁
迅先生先让孔乙己结巴着回应掌柜的提醒:

"这……下回还清罢。"鲁迅先生前面写过,孔乙己虽然潦倒至极,但从不欠酒钱,接着,鲁迅先生让孔乙己说出了另一句话:"这一回是现钱,酒要好。"你看看,即使到了如此悲惨的境地,孔乙己在潜意识中依然想保持不欠酒钱的"光荣传统"和习惯。对过往欠的十九个钱(其实也不是多大的数目),孔乙己不是说"下回还罢"(有点搪塞之感),而是说"下回还清罢"(多了个"清"字,语义就确定与靠谱得多);对这次的酒钱,孔乙己则强调"这一回是现钱"!

但这些还不是我想谈的细节,我要谈的细节其实是孔乙己回话中的最后三个字:酒要好。

细想一下,这三个字里有让人揪心的东西,真让人觉得惨痛至极:小说前面有交代,酒店为了赚钱,卖酒时想方设法掺水,所以顾客们"往往要亲眼看着黄酒从坛子里舀出,看过壶子底里有水没有,又亲看将壶子放在热水里,然后放心"。可现在,那个原来身躯高大的孔乙己,已经变成坐在地上只能爬行的孔乙己,隔着高高的柜台,他已经根本不可能"亲眼看着"了,他已经完全丧失了监督的能力,所以,虽然担心掺水的事,但他也只能被动地听天由命地用恳求似的语气说一声"酒要好"!

所有的悲惨与伤痛,所有的怜悯与心恸,几乎都在这三个字的细节里了。可想而知,喝一碗不掺水的黄酒,对彼时的孔乙己来说,几乎是活着的全部念想或唯一慰藉了。

想起有一回跟学生讲《孔乙己》,讲到这个话语细节,讲到"酒要好"这三个字的时候,我一下子就哽咽了。如果不是当着那么多的学生,我想自己一定已经泣不成声。

这就是细节的力量。

另外,与前面的"排出九文大钱"相呼应,鲁迅先生还叙述了一个对称性的细节:"从破衣袋里摸出四文大钱,放在我手里,见他满手是泥,原来他便用这手走来的。"从"排出"到"摸出",人物的命运已经一落千丈,完全不可同日而语了。

这一段还需要抓住的是,在高潮到来的时候,在孔乙己已然跌入悲惨谷底的时候,鲁迅先生冷静地绝不手软地高频度地叙述了这篇小说的最后可怖的笑。

自此以后,又长久没有看见孔乙己。到了年关,掌柜取下粉板说,"孔乙己还欠十九个钱呢!"到第二年的端午,又说"孔乙己还欠十九个钱呢!"到中秋可是没有说,再到年关也没有看见他。

　　我到现在终于没有见——大约孔乙
己的确死了。

　　高潮过后,鲁迅先生的叙述终于从容降落,
完美收官。在叙事时间上,经过"年关""端午"
"中秋"然后又是"年关"的简约回环与必要过渡
之后,如期来到了"现在",完成了回忆性的小说
结构。

　　"到现在",二十多年过去了,此句的"我"已然
不是那个十二岁的小伙计,而应该是一个年近不
惑的中年人了。一个人在十二岁的时候看待事物
难免带有少年的局限性,但是当他二十几年之后
回顾往昔时,按理应该对早年幼稚、无知、偏颇的
想法做出纠正。然而没有,用"大约的确死了"来
结束对一条生命的回忆是何其冷漠。可想而知,
虽然二十多年过去了,这里却未曾有过任何改变,
一切大概还是老样子:酒店依然是那样的酒店,顾
客依然是那样的顾客,柜台依旧是曲尺形的柜台,
那种阴暗的格局依然如故。孔乙己爬行远去的身
影已经永远离开了人们的视线,就像从来不曾出
现过一样,而无聊麻木的人们却要继续在这样的
格局里麻木无聊地活下去。

小说末尾"终于""大约""的确"的别样连缀与创造性叠用让我想起《水浒传》中林冲上梁山时的那个连词叠用:"王伦自此方才肯教林冲坐第四位。"除了最后一次讽刺性地深化并延展了存在即虚无的悲剧性主题,我们也不难再一次感觉到鲁迅先生完成叙事时的那种从容不迫、那种气定神闲、那种呼吸之平稳有力。

在我的阅读想象中,写完这句话并画上那个句号之后,估计鲁迅先生会点燃一支烟,眯起双眼,长长地吁一口气,默然享受艺术创造给他带来的那种沉重背后的无比轻盈与圆满。

10.3 结 论

无微不至地一字一句地完成了对《孔乙己》的解读之后,《小说十讲》就来到了尾声。我们的透迤的小说之旅涉过了各种要津,渡过了各种关口,经过十站,抵达了终点。

最后,借助对细读过程的归纳,总结一下本书的内容:

《孔乙己》这篇小说显然来源于鲁迅先生的生活(第1讲"生活")。我们甚至可以揣测,鲁迅先生有一天不经意地想起故乡的一个类似于孔乙己的人物("非意愿记忆"),这个人物就那样忽然浮现在他脑海里,他决定围绕这个人物写一篇小说。

《孔乙己》虽然情节散淡,故事简单,但它绝对不是一篇散文,而是一个完整的叙事性文本。它拥有小说的形式,表达了丰富的内涵,在生活原型的基础上,显然融入了鲁迅先生的想象与虚构(第2讲"小说")。它具备故事的所有要素:时间、地点、人物、事件(第3讲"故事")。

《孔乙己》的故事核心,它的高潮的出现,都与"打折了腿"这一偶然细节有关,没有这个偶然,几乎就没有这个故事和小说(第4讲"偶然")。

《孔乙己》有一个恰到好处的视角。鲁迅先生精通现代小说叙事的技巧,他设计的小伙计这个叙事者,增强了小说的真实性与客观性(第6讲"视角")。而且,借助短语与特定词汇的运用("有一天""听人家背地里谈论""有几回"等),鲁迅先生灵活地调节着叙事的焦距,一会是现场直播(近距离,生动,细描,如在眼前),一会是间接转述(远距离,粗线条,叙事效率高)。

《孔乙己》的结尾与开头呼应,完成了小说的时间结构与回忆性框架(第7讲"时间"),小说对时间的处理,对叙事节奏的把握,均有典范意义。

虽然鲁迅先生是南方人,其方言与普通话之

间有间离,但《孔乙己》的人物对话依然精彩至极,尤其是孔乙己那几句辩白,堪称现代小说的最佳对话(第8讲"话语")。

当然,作为现代小说的开山之作和巅峰之作,这个短篇小说语言简洁,叙述精准(第9讲"叙述")。《孔乙己》经得起我们一字一句地精读、深读和细读(第10讲"细读"),它近于完美,堪称经典。

参考文献

[1] 钱锺书.管锥编[M].北京:中华书局,1986.

[2] 布斯.小说修辞学[M].华明,胡苏晓,周宪,
    译.北京:北京大学出版社,1987.

[3] 热奈特.叙事话语　新叙事话语[M].王文
    融,译.北京:中国社会科学出版社,1990.

[4] 纳博科夫.文学讲稿[M].申慧辉,等,译.北
    京:生活·读书·新知三联书店,1991.

[5] 昆德拉.小说的艺术[M].盈湄,译.北京:生
    活·读书·新知三联书店,1992.

[6] 卡尔维诺.未来千年文学备忘录[M].杨德
    友,译.沈阳:辽宁教育出版社,1997.

[7] 马尔克斯.两百年的孤独[M].朱景冬,译.昆
    明:云南人民出版社,1997.

[8] 洛奇.小说的艺术[M].王峻岩,等,译.北京:
    作家出版社,1998.

[9] 余华.我能否相信自己[M].北京:人民日报
    出版社,1998.

[10] 本雅明.经验与贫乏[M].王炳钧,杨劲,译.
    天津:百花文艺出版社,1999.

[11] 张亦辉.小说研究[M].北京:中国文联出版

社,2003.

[12] 张大春.小说稗类[M].桂林:广西师范大学
出版社,2004.

[13] 威尔逊.阿克瑟尔的城堡:1870 年至 1930 年
的想象文学研究[M].黄念欣,译.南京:江
苏教育出版社,2006.

[14] 格非.文学的邀约[M].北京:清华大学出版
社,2010.

后　记

　　浙江工商大学人文与传播学院和浙江工商大学出版社共同策划的这套"网络化人文丛书",让我有机会把通识课程"小说赏析"的讲课内容整理成这一本《叙事之魅——中外小说十讲》的小书。

　　"小说赏析"这门课程开了十多年,一直比较受学生的喜欢,每学期选修这门课的学生都挺踊跃,这在无形中鼓励我不断去打造并完善这门课程。从一开始以作家介绍和作品赏析为主,渐渐过渡为一门以专题性讲座方式构筑而成的课程,这些专题基本上包括了小说创作与理论的主干内容。

　　《叙事之魅——中外小说十讲》从生活切入,然后是小说的概念,从小说再到故事,接着是故事的内核偶然。在某种程度上没有偶然就没有故事,在偶然的基础上,我们分析了无巧不成书的写作范式,分析了偶然与巧合在叙事中的区别,并以欧·亨利小说为案例,阐释了巧合型小说的弊端与不足。谈完了故事之后,我们就开始谈叙事的视角,不同的视角讲述的效果完全不同。紧接着是小说叙事的结构与节奏问题,它其实涉及叙事时间的快慢与先后两个维度与层面。再往后,我们交流了小说的语言与修辞,重点是人物对话与文学叙述。课程的最后一次课是对鲁迅先生的经典短篇《孔乙己》的深读与细解,在这样的细读过程中,整门课程的各个专题内容都得到了应用与实践。

这门课程虽然叫"小说赏析",但其实许多内容都是从创作的角度切入并分析的,所以,对小说创作或创意写作能力的培养也会有一定的裨益与帮助。

在整理这本小书的时候,虽然保留了一些讲课的语式与口吻,但更多的部分还是写成了文学随笔,尽可能让书中所讲的内容摆脱理论的枯燥与概念的抽象,让这本书拥有可读性与文学性。

因此,这本书既可以作为"小说赏析"这门课程的教材,又可以作为小说创作爱好者的入门书。

最后,我要感谢"浙商大人文素质教育研究中心"项目经费的支持,使得这套丛书能够顺利出版。同时我也要感谢浙江工商大学出版社王耀先生为这本书的编辑和出版所付出的辛勤劳动。

书中存在的瑕疵与不足,还望读者方家不吝指正。

张亦辉
2018 年 9 月 6 日